aurore

aurore

Jérémie Kisling

Slalom

Slalom, un département d'Édi8
12 avenue d'Italie, 75013 Paris
www.slalom-editions.fr

Loi nº 49-956 du 16 juillet 1949 sur les publications destinées à la jeunesse, modifiée par la loi du nº 2011-525 du 17 mai 2011.
ISBN : 978-2-37554-048-0
Dépôt légal : août 2019

Prologue

Moi, je ne lis jamais les prologues, d'accord.

Mais là, c'est important, sinon vous n'allez rien comprendre.

Vendredi soir.

Une porte claque très fort.

Une fois, deux fois, et re-une fois, encore plus fort.

C'est la porte de la salle de bain, et c'est moi qui m'acharne dessus.

Cette porte beaucoup trop vieille qui ne se ferme comme il faut qu'un jour sur deux. Aujourd'hui, elle est restée entrouverte. Juste assez pour que j'entende la discussion de mes parents, en bas des escaliers…

Un choc. Le genre de choc qui vous prive d'émotions au début. Qui vous laisse sans voix, sans geste. Le temps que mon cœur qui s'était bloqué d'un coup laisse à nouveau passer un peu de sang jusqu'au cerveau.

Imbécile de porte, tout est de ta faute. Je veux que tu te casses. Je veux que *tout* se casse.

La journée avait pourtant plutôt bien commencé. Pas vraiment sur les chapeaux de roue, pas vraiment en douceur non plus. Juste une journée ordinaire d'adolescente un peu perplexe qui déambule dans la vie comme un ours. Entre grognements de tous poils et ruées sur les pots de miel. J'étais loin d'imaginer qu'elle allait se terminer ainsi.

1

Le matin même.

6h30 – Ça croasse dans mes oreilles. J'en peux plus de ce réveil. J'ai boxé tous les boutons pour essayer de changer la sonnerie, j'ai rien pu faire. À part m'envoyer un laser rouge dans les yeux, me casser deux ongles, dénicher toutes sortes de radios improbables, comme *Ping-pong FM*, *Radio Pluie* et une chaîne très bizarre avec des journalistes encore plus bizarres qui parlent fort avec un accent vraiment très bizarre.

Si je tenais le fabricant de cette machine lunatique, je lui dirais : « Mais réveillez-vous »... Non c'est nul. Je lui dirais : « Secouez-vous les puces électroniques ! »... Non, je sais pas, mais un truc bien senti qui lui coupe l'air sous les pieds.

Je mets toujours un peu plus de temps que ma petite sœur à me préparer. Elle est si or-donnée, or-ganisée, si elle continue elle va finir or-thodontiste, bien fait ! Elle a seulement sept ans, ça me déprime pour elle. Constance elle s'appelle, c'est pas de sa faute quand même.

Or moi, quand je sors de mon lit, il me faut déjà trente secondes pour savoir si j'ai oublié d'enfourcher mes lunettes ou si je vois flou parce que j'ai beurré mes tartines avec.

Ensuite, je passe vingt minutes à me brosser les dents parce que je dessine des cœurs biscornus et des p'tites têtes de mort rouges et blanches avec mes postillons, sur le miroir.

Je m'appelle Aurore et j'ai horreur du matin. C'est bête, mais c'est comme ça. Toute ma vie n'est que contradictions.

J'ai quatorze ans mais j'en parais au moins quinze (si vous lisez mon histoire juste pour rigoler de moi, c'est pas la peine). Je suis rousse mais j'adore me dorer au soleil. Je suis trop grande avec des seins trop petits.

J'ai une grande bouche mais je n'aime pas parler. J'ai des petites oreilles mais j'adore la musique.

Mais, mais, mais... ma vie n'est faite que de *mais*. Je vous jure que c'est fatigant. Pour moi surtout. Pour les autres, j'en sais rien, mais je m'en fiche.

Bref. Habituellement, après le brossage de dents, je me mets quelques doigts dans l'œil en enfilant mes lentilles, puis je retourne dans ma chambre en clignant des yeux et je trébuche sur la chaise camouflée en panier à linge sale, me déglinguant au passage entre un et trois orteils, ça dépend de ma forme.

Après, j'enfile une chaussette, pas trop sale, entre blanc foncé et noir clair, je réponds à deux ou trois textos, même quand personne ne m'a posé de questions... – surtout si personne ne m'a posé de questions d'ailleurs – et j'enfile une autre chaussette, plus ou moins du même niveau de salubrité que la première. Je regarde mes pieds : une, deux chaussettes, le compte est bon.

Allez, maintenant, une culotte un peu bateau, un T-shirt et là je suis pas difficile : juste deux trous pour les bras. (Et un pour la tête, oui vous avez raison, c'est mieux.) Une paire de jeans déchirés mais pas trop. Comme ça, ça fait genre la fille qui fait pas genre de faire genre. Sinon, ça fait genre la fille qui fait genre de ne pas faire genre, et je déteste cette attitude.

Puis je sors de ma chambre et dévale les escaliers en visant tous les endroits qui grincent pour agacer mes parents.

2

Donc ce matin était un vendredi matin comme les autres : tout pourri. J'ai rejoint mes parents et ma sœur au p'tit déj', tout le monde avait fini de manger depuis dix minutes. J'ai versé du lait tiède sur mes céréales. J'ai rajouté des glaçons parce que c'est meilleur et que ça fait glousser ma mère.

— Aurore ?

— Quoi, maman ?

— Tu as un peigne coincé dans les cheveux.

Mince, elle avait raison. Mon peigne que je cherchais depuis deux jours.

— T'occupe, c'est la mode. Lis la presse féminine un peu.

— C'est quoi, la presse très minime ? a demandé Constance.

— Va trier les crottes de nez sur ton étagère, j'ai dit à Constance. On parle entre adultes.

— Mange tes céréales avant que tes glaçons ne se réchauffent, m'a dit mon père, qui est toujours mi-figue, mi-je-sais-pas-quoi.

— Lis ton journal avant que les morts ne refroidissent, je lui ai répondu, parce qu'on se vanne beaucoup avec mon paps.

— Ne dis pas des horreurs, Aurore, a soupiré maman, avec un petit haussement de sourcils dont elle a le secret.

— C'est pas moi, c'est mes hormones.

On a bien rigolé, je trouve, et on est tous partis au collège, sauf ma petite sœur qui n'est pas assez grande et mes parents qui ne sont pas assez profs.

3

Sur le chemin du collège, je zigzague souvent : j'adore marcher sans itinéraire. J'aime pas qu'on me donne des directions. Mais je déteste ne pas savoir où je vais. Encore un de mes paradoxes.

Là, par exemple, j'avais cours. C'était suffisamment clair pour me donner un but, et bien assez déprimant pour que je me permette quelques détours et pensées vagabondes.

Je ne sais pas comment je me débrouille, mais je m'arrange toujours pour être la dernière arrivée en classe. J'aime bien quand le prof referme la porte juste derrière moi d'un geste excédé. Ça me donne l'impression d'être indispensable. Ou en tout cas plus ou moins utile.

— Aurore, vous avez quelque chose d'intéressant à raconter pour excuser votre retard ?

— Il y avait une feuille morte sur la route, j'ai dû faire un détour, je ne supporte pas la vue de la souffrance.

Il a levé les yeux au plafond, moi j'ai baissé le menton en jetant un coup d'œil pour voir si j'avais fait rire mes camarades et je me suis assise au fond de la classe. J'ai rentré un peu la tête dans les épaules et j'ai attendu que ça passe. C'est la politique de l'autruche. En plus, ça me ressemble comme animal, avec mes longues pattes et mon air ébouriffé.

De toute façon, quand je serai grande, je serai plus petite. Par rapport aux autres, je veux dire, enfin j'espère. Il y a plein de choses dans la vie que j'espère et ça m'exaspère.

Par exemple, j'espère toujours que la boulangère va me donner la plus grosse tranche de tarte aux pommes. Je la regarde exprès en salivant. (La tranche, pas la boulangère.) Mais cette mégère n'a aucune compassion pour l'ado constamment affamée que je suis. J'aimerais bien lui faire avaler sa levure, pour voir si ça lui fait gonfler le cœur un peu.

(Attendez, le prof m'a posé une question.)

— Aurore, tu as la réponse ?

— Oui, oui, mais j'ai pas la question.

— Bien entendu... Peux-tu me citer un poète du 19e ?

— Arrondissement ?

— Siècle !

— Francis Cabrel ?

— Merci, Aurore. Il est contemporain, Cabrel. Quelqu'un d'autre ?

— Charles Trenet ? j'ai tenté.

— Non ! il a soupiré. Je disais : est-ce que quelqu'un d'autre peut nous éclairer ?

Bien entendu, je faisais exprès pour le faire enrager.

Je préférais garder mes cartouches pour plus tard. Si t'es trop forte au début de l'année, les profs en attendent toujours plus de toi. Tandis que là, je ne pouvais que les épater aux examens.

J'ai tendu l'oreille parce que le prof commençait à dévier sur des grandes questions philosophiques et moi j'avais envie d'y moudre mon grain de sel. Il m'a posé une question.

— Aurore, pour toi, quelle est la définition du rien et du tout ?

— Le rien, c'est le poids de mon existence dans tout l'univers. Le rien, c'est tout ce que je suis. Et le tout, c'est rien du tout.

Je crois qu'il a eu un début de sourire, mais s'est vite repris.

Il a respiré un coup.

— C'est intéressant, je suis presque d'accord avec toi.

— Ça me fait une belle jambe, j'ai dit dans ma barbe.

— Mais alors, si le tout n'est rien du tout et que le rien est tout autour de toi, on peut aussi dire que le tout et le rien se confondent, et qu'ils ne font qu'un. On peut donc en déduire que même les petits riens font des grands touts. Et que l'univers est rempli de plein de riens comme toi et moi, qui au final font tout.

— J'ai rien compris.

En fait, j'avais tout compris mais j'en pensais rien.

De toute façon, l'école, c'est pour les enfants. Moi je suis déjà grande dans ma tête et tout. Et j'apprends la vie en lisant des livres, des poètes justement. Parce que je ne vois pas l'utilité d'apprendre ce que tous les adultes savent déjà. On est la nouvelle génération ou pas ? Alors, j'essaie d'avoir de nouvelles réponses. Mes propres réponses à la vie. Je note des petites idées dans un carnet, de tout ce qui nous réunit, tous nos points communs, entre colocataires de la même planète.

Par exemple, on boit tous de l'eau quand on a soif. C'est peut-être bête, mais c'est vrai. Je me suis rendu compte de ça l'autre jour. J'ai jamais vu personne se désaltérer à la pompe à essence.

Le sourire aussi, c'est universel. Peut-être que sur Mars, ils perdent leurs cheveux quand on les chatouille. Mais ici, on lève les coins de la bouche et tout le monde comprend. Tous les Esquimaux rigolent quand ils voient un ours polaire se casser la figure en glissant sur un pingouin. Même avec les lèvres gercées et tout. (Les Esquimaux, pas les pingouins.)

Celle qui rit vraiment tout le temps, même quand le prof l'engueule, c'est Xu, ma copine chinoise. J'aime bien papoter avec elle.

D'ailleurs, c'est la pause, je vais lui proposer un bout de tarte aux pommes. J'ai un fâcheux penchant pour les tartes aux pommes.

Si vous trouvez que je parle comme une vieille dame, vous dites. Moi, j'aime bien. C'est mon petit côté littéraire. Et puis, quand je parle comme ça, je pense à ma grand-maman. C'est ma manière à moi de la garder en vie.

Bref, j'ai donné un morceau de ma tarte à Xu, je l'ai serrée dans mes bras, langage universel encore, et on est retournées en classe.

Xu est très forte en géographie. Je crois que c'est parce qu'elle passe beaucoup de temps devant son globe terrestre. La famille de Xu habite juste de l'autre côté de la rue. La nuit, quand les lumières s'allument à l'intérieur de la maison, je regarde Xu et ses parents évoluer d'une pièce à l'autre. Ça fait comme des petites cases de BD qui bougent.

Ses parents travaillent très tard, elle n'a pas de frères et sœurs. Alors, elle rentre, mange un peu sur son lit en faisant doucement tourner le petit globe qu'elle a rapporté de Chine. Et moi je vois que son pays lui manque.

4

Bon allez, c'est la fin des cours, vous me suivez ? On rentre à la maison. Mais traînez pas trop, je mords de faim. (Un autre de mes penchants, c'est de jouer avec les mots. Si ça vous embête, vous me dites, mais bon, c'est mon livre un peu quand même.)

Je suis arrivée chez moi, tout le monde m'attendait pour dîner. Y avait pas une ambiance de feu, surtout pour un vendredi soir.

Papa et maman étaient assis au salon, très concentrés, mon père sur son journal et ma mère sur son fauteuil. Le front plissé pour se donner une contenance. Je les ai observés un moment.

Mes parents ne se regardent plus trop. J'ai l'impression qu'ils ne se voient même pas. Enfin, si, ils se considèrent du coin de l'œil, comme on surveille une table ou une marche d'escalier. À mon avis, c'est juste pour éviter de trébucher l'un sur l'autre. J'ai l'impression que les seuls moments où ils échangent un regard bienveillant, un mot gentil, c'est quand il s'agit de Constance et moi. Quand je dis une bêtise qui les fait rire ou quand Constance lit une poésie en écorchant les mots.

Les couples, c'est bizarre. Moi, ça ne me donne pas spécialement envie. Au début, c'est toujours l'amour fou, comme un instant magique, mais qui reste figé dans le temps. Puis, au bout de quelques années, ça devient juste deux personnes sur un canapé. Deux personnes qui ne se regardent plus, par peur que l'autre ait changé… ou par refus de vieillir dans ses yeux.

Il faudrait apprendre aux adultes qu'ils font tout à l'envers. Même les plus belles choses perdent leurs couleurs si elles ne bougent pas. Moi, je préfère contempler un arbre en septembre qu'un tableau de Van Gogh. Même si les tournesols sont bien dessinés et tout. Parce que l'arbre, il bouge, il respire le vent qui le traverse et souffle ses feuilles dans les airs alentour. (Oui, je sais, je m'enflamme un peu.)

— C'était bien, les cours, ma chérie ? m'a demandé maman, qui a le don pour me refroidir direct.

— Non, non, c'était nul comme d'hab. Ne sois pas déstabilisée, j'ai ajouté en rigolant. On mange quoiiiiiii ?

Maman s'est tournée vers mon père, l'air de dire « Bravo, tu l'as bien éduquée, ta fille ». Mon père a haussé une demi-épaule, l'air de dire rien du tout.

— C'est quoi, le truc flasque dans mon assiette ?

— Un steak de tofu maltais aux champignons de Polynésie.

— Ah, je comprends mieux.

— Quoi ?

— Je comprends pourquoi il est flasque. Il est fatigué de la route.

— Le mien aussi, il est fatigué de la route, maman ?

— Mais non, sœurette. Mon steak, il a porté le tien sur son dos tout le long du voyage.

— Il est gentil, le tien ?

— Oui.

— Alors tu vas pas le manger ?

— Non, non, j'ai répondu la bouche pleine.

— Et le mien, c'est un bébé steak ?

— Bon ça suffit, vous deux, a coupé papa. Je n'arrive pas à me concentrer !

— Tu te concentres pas, tu rêvasses, j'ai corrigé.

— Je n'arrive pas à me concentrer sur mes rêvasseries, ça te va ?

Maman a souri, papa a soupiré, moi j'ai haussé les sourcils, et Constance les a rebaissés.

On forme quand même une chouette équipe dans notre genre.

Je suis passée vite fait à la salle de bain me refaire une beauté, ou deux. On sait jamais, peut-être que la soirée allait battre son plein. De toute façon, j'avais surtout envie de perdre mon temps en mettant le bazar dans les affaires de tout le monde. Par exemple, régulièrement, je remplace le dentifrice par la pommade pour les pieds, en espérant que quelqu'un se brosse les dents avec. Pour l'instant, il n'y a que sur moi que ça a marché.

Le plus souvent, je rêvasse juste devant la glace en gaspillant tous les produits de luxe de ma mère.

5

Ce soir-là, j'ai donc poussé la porte de la salle de bain derrière moi, mais comme vous le savez déjà puisque vous avez bien lu mon prologue, elle est restée entrouverte. J'ai dégainé mes cotons-tiges, avancé le museau près de la glace, mais j'ai été stoppée sur mon élan. Enfin, dans mon élan. J'entendais mes parents discuter. Et là, j'ai distingué mon nom dans la conversation. Samedi prochain, c'est mon anniversaire, j'aurai quinze ans. J'ai tendu l'oreille, j'étais sûre qu'ils me réservaient une surprise. (Me regardez pas comme ça, vous auriez fait pareil !)

J'avais du mal à comprendre ce qu'ils disaient, alors j'ai passé la tête dans l'ouverture.

— Tu es certain qu'il faut lui annoncer maintenant ? Elle est en pleine adolescence. C'est pas le moment de la perturber, a dit maman.

Il y avait une telle gravité dans leurs voix que j'en ai lâché mon coton-tige. J'ai vite posé mon pied dessus pour étouffer le bruit meurtri de la ouate et j'ai tendu mes oreilles encore un peu plus près des escaliers.

— On avait dit qu'on lui parlerait le jour de ses quinze ans. Si on ne le fait pas maintenant, on ne le fera jamais. Si tu veux, je m'en occupe, a répondu papa.

— On aurait dû lui dire quand elle était petite. Ou alors, pas du tout.

Me dire quoi ? J'avais envie de leur tirer les cheveux – sauf à papa, qui n'en a plus – pour qu'ils crachent le morceau. Mon cœur battait trop vite et eux, ils tournaient autour du pot.

— Je redoute tellement sa réaction. J'ai peur qu'elle nous rejette.

— T'inquiète pas comme ça.

Moi j'étais pas inquiète, j'étais carrément sur les nerfs.

— Comment ça, « T'inquiète pas » ? Les enfants adoptés, y'a toujours une blessure qui reste, on le sait très bien.

Je suis tombée en arrière, en me fracassant l'oreille sur la poignée.

Un choc, donc. Un séisme. Un retournement de situation comme on n'en voit que dans les films. Une rivière de douleur qui remontait de mes oreilles à mes tempes, de mes tempes à ma gorge, et allait se jeter violemment dans le puits trop étroit de mon cœur. Tout allait exploser.

Mes parents m'ont entendue tomber, crier, puis me relever pour frapper la porte de toutes les forces qui me restaient. Ils se sont précipités dans les escaliers.

6

— Aurore ? Tout va bien ? Qu'est-ce qu'il y a ? a crié maman en arrivant sur le seuil de la salle de bain.

J'ai refermé la porte et je me suis appuyée dessus de tout mon poids pour les empêcher d'entrer.

— RIEEEN, j'ai hurlé. Je me suis cognée à cette foutue porte. Laissez-moi tranquille !

— Mais qu'est-ce qui t'arrive ? a demandé papa.

— Il m'arrive que j'en ai marre de cette maison. Je veux ma maison à moi, et ne plus vous voir.

— Ne plus nous voir ? Pourquoi tu dis ça ?

— PARCE QUE ! Laissez-moi ! j'ai hurlé.

Je n'arrivais même pas à pleurer. Je voulais leur dire ce que j'avais entendu, ça criait au-dedans de moi, mais toutes mes paroles s'arrêtaient contre une porte. Pas celle de la salle de bain. Une porte, encore plus lourde et solide, au fond de ma gorge.

Alors je suis sortie comme une furie, j'ai poussé mes parents et j'ai couru loin de cette maison que, déjà, je ne reconnaissais plus. Je les entendais crier mon nom. J'ai couru encore plus vite.

7

Enfuie enfin de cette maison de fous.

Partir, partir, partir. C'était la seule solution. Mais partir où dans ce monde qui n'était fait que de mensonges immenses et d'esprits trop petits ?

J'ai continué à courir jusqu'à ce que j'en aie le souffle coupé. J'ai mis mes mains sur mes genoux, j'ai relevé la tête et regardé autour de moi. J'étais devant mon collège. Machinalement, j'avais couru tout au long du chemin que je connaissais le mieux. J'avais tellement de questions sans réponse et d'idées noires qui tournoyaient dans ma tête qu'en apercevant ces quelques fenêtres allumées ici et là sur le mur de mon collège, je me suis sentie un peu moins perdue. Je me suis approchée de celle de ma classe. Sur la pointe des pieds, le nez collé à la vitre, j'ai cherché du regard ma place, j'ai repéré ma chaise, quelques affaires oubliées sur la table. Là, je me suis vue comme de l'extérieur, ado gentiment rebelle, encore innocente, inconsciente, même, à peine quelques heures plus tôt.

Maintenant que mon présent n'avait plus rien à voir avec mon passé, j'avais envie de crier sur cette Aurore d'avant, de l'engueuler pour sa naïveté. J'ai tapé la vitre du poing et sangloté :

— Mais pourquoi tu n'as rien vu ? Pourquoi tu n'as jamais rien vu ? IMBÉCILE !

Les larmes ont enfin coulé, sur mes joues, dans ma gorge, partout. Mes genoux ne me portaient plus, je me suis laissée glisser le long du mur. Plus rien n'avait d'importance maintenant. Que le bercement de mes pleurs et la chaleur tiède des étoiles. (Si c'est trop imagé pour vous, tant pis.)

Quand je me suis enfin calmée, je me suis remise en route vers la maison parce que ma seule envie du moment, c'était de retrouver ma chambre, et me coucher sur mon lit, au milieu de mon précieux désordre.

J'ai rejoint ma maison super lentement. Pas à cause de la douleur et tout, mais parce que la nuit était tombée si bas qu'il fallait bien, bien se pencher pour voir dessous.

J'en ai profité pour taper des semelles et sentir un peu le poids de la ville sous mes pieds. Pour lui faire sentir aussi que j'étais là, moi, Aurore, avec tout mon malheur, et que j'avais envie, pour une fois, qu'on s'occupe de moi.

Ma ville, c'est comme une immense goutte de béton tombée du ciel et qui s'est répandue partout. Elle a tout recouvert : le sol, les voitures et le toit des maisons. On est tous dans le même chaudron bouillonnant. Ça grouille, ça crie, ça rit fort et ça pleure en cachette. Et personne ne fait attention à personne.

De toute façon, un ciel bleu comme dans les contes de fées, je n'y crois plus. Les contes *d'effets*, on devrait les appeler. Quand je vois comme la vie est mal foutue, on ferait mieux de nous faire lire *Frankenstein* au berceau.

J'en ai marre de tout. J'en ai marre de ces couleurs imposées. J'ai soudain l'impression de me balader dans un monde que je n'ai pas choisi. Un peu comme on visite un musée. « Oh c'est joli ! L'herbe est verte, le soleil est jaune, la rose est rose, le pape est chauve. » Mais, merde, elle est où, ma liberté de choix, déjà ? Le libre arbitre, on dit. Le mien d'arbitre, j'ai l'impression qu'il est derrière des barreaux.

On naît dans un truc tout préfabriqué, bien encadrés du début à la fin, encerclés par quatre murs à chaque étape de notre existence, même si, pour faire un cercle avec quatre murs, faut se lever de bon matin.

Bref, en résumé, de la pierre, de la pierre, que de la pierre ! Hôpital, maison, crèche, école, bureau, maison, maison de retraite, hôpital, cimetière. Et paf ! sur quoi on tombe ? Saint Pierre ! Qu'est-ce que je vous disais ?

(Si je suis trop rebelle, vous dites. Moi j'aime bien, mais je veux pas vous bousculer non plus.)

J'ai continué à traîner les pieds sur le chemin du retour. J'ai pris mon temps, parce que d'une part, c'est mon temps à moi, justement, et que depuis aujourd'hui, PLUS PERSONNE NE ME DIRA QUOI FAIRE ! et d'autre part… je sais plus ce que je voulais dire. Marcher et réfléchir en même temps, c'est pas idéal, à cause des poteaux, faut faire gaffe.

L'autre jour, je déambulais l'air de rien, j'ai tourné les yeux pour regarder une vitrine avec des chatons dedans, et boum, un lampadaire droit dans ma tête, et je me suis retrouvée par terre. Du coup, j'avais encore plus l'air de rien, mais je déambulais beaucoup moins.

Je sais plus pourquoi je vous racontais ça. Ah oui, c'était pour dire que la ville était partout, qu'elle vous rattrapait souvent, et parfois vous assommait.

Moi, c'était la vie qui venait de m'assommer, et j'étais dans les cordes. Pas encore tout à fait K.O., mais je voyais déjà les étoiles.

8

Arrivée devant la maison, j'ai ouvert la porte brutalement, et je suis montée direct dans ma chambre sans rien dire à personne.

J'ai entendu des petits pas qui me suivaient, je me suis retournée et j'ai vu la frimousse de Constance qui m'épiait depuis le couloir. Elle a dû sentir que j'étais pas bien.

— Aurore, t'étais où ? Tu fais quoi ?

— Rien.

— Tu veux que je t'aide à ranger tes habits ?

— Va ranger les cailloux dans la cour, plutôt !

— Non, c'est dur, ça. Tu peux me raconter une histoire ?

— Non, j'ai pas envie de te voir. T'es même pas ma sœur, tu comprends ça ?

Constance s'est mise à pleurer. Je me suis rendu compte que c'était un peu violent. Mais mes mots couraient plus vite que ma pensée.

— Je peux te raconter l'histoire d'une famille qui n'est pas une vraie famille. Où tout le monde ment, où tout est faux et moche.

— Pourquoi tu dis ça ?

— Parce que les parents m'ont trouvée dans la rue ! Ou dans une poubelle ! Je ne suis pas ta sœur. Je suis rien.

Elle a pleuré plus fort. C'était surtout parce que j'avais crié et qu'elle n'avait rien compris.

— Moi, je veux être ta sœur encore !

— C'est trop tard.

— Non, c'est pas trop tard ! Je veux aller dans une poubelle, comme toi, et tu viendras me chercher, et on sera de nouveau gentilles ensemble.

Je l'ai prise dans mes bras, très fort, je l'aimais, et en même temps j'avais envie de l'écraser.

— Aïe, elle a gémi.

— Allez, laisse-moi tranquille, maintenant ! Et je t'interdis de tout raconter aux parents, t'as compris ?

Elle est sortie tout doucement de la pièce, puis s'est retournée :

— On a un secret toutes les deux ?

— Oui, si tu veux. Allez, zou, va ranger tes moutons et dors.

Demain, j'irai lui parler.

9

J'ai regardé ma chambre, un peu étonnée parce qu'à force d'avoir balancé de rage mes affaires contre les murs, ça avait créé un genre de « place nette » sur mon bureau. Faudrait que je dépose un brevet pour cette nouvelle technique de rangement.

— Aurore, il faut qu'on parle, j'ai entendu à travers la porte.

— ...

Je me suis mise en boule sur mon lit pour me réfugier.

— Aurore, s'il te plaît...

— Laissez-moi tranquille, j'ai crié à travers mon oreiller.

J'avais mal de les détester, moi qui les aimais tant...

Quand j'ai entendu mes parents redescendre, je me suis dépliée sans faire de bruit, je me suis assise à mon bureau et, comme un robot, j'ai pris un stylo, j'ai ouvert un cahier qui traînait et je me suis mise à écrire...

Déracinée
Coupées mes ailes
Rien sous mes pieds
Rien dans le ciel

On fait quoi, on va où
Quand on a rien du tout ?

C'était venu d'un coup, comme une petite voix dans la tête qui m'a parlé et je n'avais qu'à l'écouter et retranscrire.

C'était la première fois que ça m'arrivait, j'ai ressenti un mélange de concentration et de paix intérieure, de sérieux et de folie, tout en même temps.

Je me suis dit qu'il fallait continuer, alors j'ai repris le stylo.

Déracinée
La vie c'est moche
J'ai le moral
Au fond des poches

Non, mais non ! C'était nul ! À quoi ça servait de souffrir, si on avait aucun talent en échange ? Je m'étais prise pour Barbara, et je faisais du Cœur de pirate. Cœur de *patate*, ouais. Fallait recommencer.

J'ai re-respiré un re-grand coup, plissé le front le plus fort possible pour expulser les idées, et j'ai continué à gribouiller ma page.

Déracinée
La vie c'est loin
C'est quand le début ?
C'est où la fin ?

— Pfff...

En levant le nez, au-dessus de mon cahier, pour trouver l'inspiration, j'ai vu la petite fenêtre du salon de Xu s'éclairer. Elle était assise à son piano. Bim ! J'ai eu une idée ! J'ai ouvert mon sac à dos, j'y ai balancé les premiers trucs qui me tombaient sous la main : un T-shirt sale, un T-shirt propre (pour compenser), une culotte presque à ma taille et un tube de crème solaire (me demandez pas pourquoi). J'ai dévalé les escaliers et j'ai lancé :

— Je vais dormir chez Xu ! À demain !

Je crois qu'ils ont compris que c'était pas le moment de me mettre des bâtons dans les joues. J'en ai profité pour claquer la porte.

10

La maman de Xu m'a fait entrer. Elle n'a pas eu l'air surprise de me voir. Pourtant, d'habitude, quand même, je préviens avant de venir. Mais pas aujourd'hui, pas après le cataclysme. (Si, si, y a un « y » à *cataclysme*. De toute façon, à partir du moment où on est dans la tragédie, on peut mettre des « y » partout. Tiens, j'en mettrais bien un à la « *vye* » et un autre à la « *famylle* ».) Chez Xu, c'est petit, mais très bien rangé. Plusieurs fois, j'ai essayé de comprendre comment sa mère s'y prenait pour faire si peu de bruit en marchant. Comme si elle se promenait lentement dans un grand pré, en faisant bien attention de ne pas écraser les coquelicots.

Xu était retournée dans sa chambre, les yeux rivés sur son globe terrestre. Je crois que ce qui lui plaît, en le regardant, c'est que tous les pays paraissent si proches les uns des autres. Une mignonne planète qui tourne devant nos yeux, inoffensive, presque rassurante. C'est tout rond et lisse, on peut la caresser tendrement, comme pour la consoler des guerres, des famines et de la déforestation, qui l'épuisent depuis longtemps.

Tchhh tchhh tchhh, Xu faisait valser la Terre au bout de ses doigts, et passait de France en Chine en un clin d'œil. Elle m'a dit qu'elle repensait à tous les gens qu'elle connaissait là-bas, aux paysages qu'elle a aimés. Les odeurs de la rue, le goût du thé. Elle m'a expliqué que quand elle fermait les yeux, tout reprenait place dans sa mémoire. Elle est comme ça, Xu. Pas mal poétique aussi, vous voyez.

Elle m'avait confié, une fois, que ce qui lui manquait le plus, c'était les idéogrammes. C'est leur façon d'écrire, là-bas, le truc avec les petits bâtons dans tous les sens. C'est très beau, d'ailleurs, comme quand on laisse tomber une boîte d'allumettes par terre et que ça dessine un hérisson. Ou une patate si on n'est pas en forme... Bref. Elle m'a dit que c'était quand elle avait vu l'alphabet ici, sur les panneaux, les T-shirts, les camions, les magasins, qu'elle s'était rendu compte qu'on avait changé tout le décor autour d'elle. Et qu'elle allait devoir être courageuse pour aimer sa nouvelle vie.

— Ah, Aurore, tu es là ? Tu vas bien ?

— Mmh, je t'expliquerai. Tu joues bien du piano ?

Elle a acquiescé, elle attendait la suite.

— Tu voudrais pas essayer de m'accompagner ? J'ai écrit un poème et j'aimerais bien qu'on en fasse une chanson, toutes les deux. Tu veux bien essayer de jouer par-dessus ? Ce qui te passe par la tête...

— C'est pas ma tête, c'est mes doigts.

— Oui, ce qui te passe par les doigts, aussi, d'accord. Quelque chose de triste, mais un peu rempli d'espoir quand même.

— Je vais essayer. Mais raconte-moi, dis-moi les mots.

J'ai pris la feuille et j'ai commencé à lire mon brouillon, lentement, pour avoir le temps de ravaler l'émotion qui voulait sortir en même temps. Mais après deux phrases, je me suis écroulée en sanglots déchirants. (Si je suis trop fragile pour vous, vous me dites, donc.)

Xu a posé sa tête sur mon épaule et elle a regardé mes larmes tomber sur mes joues, de tout près.

— Je peux avoir un mouchoir ?

— Non, laisse-les couler, c'est comme les fleurs, le matin, tu sais...

— La rosée ?

— Oui...

Une larme est tombée sur son front.

Elle a fait un petit geste brusque :

— Ça y est. C'est la première note de musique, elle a dit en posant ses mains sur le piano.

Elle s'est mise à jouer. C'était calme et si joli que je me suis remise à pleurer comme une gaufre. (Oui, je sais, avec *madeleine*, ça marche aussi.)

— Chante, Aurore, juste, chante.

Le soir tombait, mais la musique et la douceur de ce moment éclairaient nos cœurs juste assez pour qu'on oublie nos solitudes et nos peines de grandes filles un peu perdues.

Des grandes filles trop petites encore pour affronter la montagne de la vie, et tous les éboulements qu'on se prend en cascade sur le museau dès qu'on a le dos tourné. Géométriquement, c'est compliqué, ok. Mais c'est bien la preuve que la vie est tordue.

D'ailleurs, faudrait que les gens arrêtent de dire sans réfléchir que la vie est bien fichue. Ça m'énerve. Moi, je lui aurais bien fichu mon poing dans son museau à elle, pour voir si elle ferait un peu moins la maligne.

On a continué à chanter toutes les deux, dans la nuit. Je n'ai plus le souvenir du moment où on s'est endormies mais quand j'ai rouvert les yeux, sa maman venait déjà nous chercher pour le petit déjeuner.

11

Samedi matin.

Xu, sa maman et moi, on avalait tranquillement notre petit déjeuner quand le téléphone a sonné. J'ai eu comme un sursaut, une intuition que c'était pour moi.

— Répondez pas ! j'ai crié.

Du coup, c'est la maman de Xu qui a sursauté. Mais c'était pas à cause d'une intuition.

— Mais pourquoi, Aurore ?

— Je suis sûre que c'est ma mère.

Elle a hoché la tête en souriant, et elle a décroché.

— Allô ?

— C'est qui ? j'ai chuchoté.

— Ah bonjour, madame.

— Madame qui ? j'ai rechuchoté.

La maman de Xu ne m'écoutait pas. Je me rapprochais d'elle pour essayer d'entendre la conversation.

— Je vais bien, et vous-même ?

— Vous-même qui ?

— Oui c'est une belle journée qui s'annonce.

— Qui s'annonce pour qui ?

— Oui, oui, elle est encore là.

— Qui, « elle est là » ? Moi, je suis là ? Non, dites que je suis pas là, j'ai dit en chuchotant toujours plus près du combiné.

— Aurore, c'est toi ? j'ai entendu à l'autre bout du fil.

— Oui, quoi ? j'ai dit en continuant à chuchoter par réflexe.

J'ai attrapé le combiné et j'ai commencé à tourner autour de la table par nervosité. Sauf que la maman de Xu avait encore un vieux téléphone à fil.

— Quoi « quoi » ? Je m'inquiétais, tu vas bien ?

— J'entends pas bien, y'a de la friture sur la ligne. C'est Xu qui prépare des beignets. Oui, je vais bien, arrête de t'inquiéter. Je rentre ce soir pour le dîner.

J'ai voulu raccrocher, mais pour retrouver la base du téléphone, il fallait déjà que je désentortille la maman de Xu qui avait l'air perplexe, un vase à fleurs rouges qui avait l'air fragile et les pattes de Confucius qui avaient l'air poilues, mais c'était un chat.

On a passé l'après-midi en boule sur le canapé avec Xu et Confucius. Moi parce que j'avais peur de rentrer chez moi, Xu parce qu'elle avait mal au ventre à cause de la friture et Confucius, parce que c'était toujours un chat.

19 h 00 ! J'ai remercié Xu pour la chanson, pour le globe terrestre et pour tout. J'ai repris mon sac à dos et j'ai traversé la rue.

Tout le monde était à table. Je me suis assise bruyamment à côté de Constance.

Ma mère a pris la parole. Elle voyait bien que ça n'allait pas du tout.

— Aurore, il faut qu'on discute.

— Pas envie, j'ai dit.

J'ai essayé de faire une tête normale et de manger mon gaspacho mais ça bouillonnait à l'intérieur. À l'intérieur de moi, pas de mon assiette. Parce que c'est froid, le gaspacho. (Je vous jure que c'est pas le moment de me faire rigoler.)

Ma mère a respiré un grand coup et a changé de sujet :

— Bon, les filles, vous voulez aller à la mer, cet été ?

Là, c'en était trop, j'ai explosé :

— Laquelle de mer ? La mer Méditerranée ou la mère adoptive ?

Mes parents sont restés bouche bée.

— La mer comment ? a demandé Constance.

— ADOPTIVE ! j'ai hurlé.

— Attends... Aurore... a balbutié maman.

— Je vous ai entendus, hier, tout ce que vous avez dit en cachette ! C'est honteux ! Je vous déteste !

— Aurore... a commencé papa sans pouvoir continuer.

On est d'accord que ça faisait pas avancer le débat.

— C'est quoi *adoptive* ? a répété ma petite sœur.

— Aurore, a repris doucement papa, avec la voix qui tremblait un peu, calme-toi, ma chérie. Nous sommes tellement désolés, on voulait justement prendre le temps de t'en parler, bientôt.

— C'est QUOI, *adoptive* ? a insisté Constance.

— Constance, adopter, c'est s'occuper de quelqu'un qui a été abandonné. On t'expliquera plus tard, il faut qu'on parle avec Aurore. Finis ton gaspacho...

Abandonné. Ce mot faisait encore plus mal à entendre.

— Tu n'as qu'à l'adopter, son gaspacho, si elle l'a abandonné... j'ai dit.

J'avais vraiment envie de les pousser à bout.

— Arrête, tu vois pas que tu vas traumatiser ta sœur ?

Je me suis mise à crier.

— Tu penses pas que c'est moi qui suis traumatisée ? Tu veux que je fasse la petite fille modèle encore combien de temps ? Vous alliez nous le dire quand, que tout ça, c'est du mensonge ? Cette table, là, cette soupe à la con, avec nous tous, autour, qui font semblant !

— Qui *faisons* semblant, a corrigé maman, par réflexe.

— Ta gueule !

Là, j'ai pris une tarte. La première grande tarte de ma petite vie. Et malheureusement, c'était pas la boulangère, mais ma mère qui me l'avait donnée.

— Pardonne-moi, je... tu... a bredouillé ma mère.

Plus personne ne savait où se mettre.

J'ai rassemblé dans mes poumons ce qu'il restait d'air autour de nous, et je les ai regardés un par un, avec toute la haine du monde. Une haine qui ne venait pas vraiment de moi, mais qui avait pris possession de tout mon corps.

Cette haine s'est précipitée hors de ma bouche en tremblant :

— Nous, là. Toi, toi, toi et moi. C'est fini, c'est mort. Ça n'existe plus ! Allez vous trouver quelqu'un d'autre pour votre famille parfaite à la con !

Tout s'est immobilisé dans la pièce. Comme le soir où un éclair avait frappé l'arbre juste à côté de la maison, et que le temps s'était arrêté.

J'ai entendu mon père, comme une voix dans un rêve.

— Aurore, assieds-toi, s'il te plaît ! Il faut qu'on parle.

— Consolez votre vraie fille, et laissez-moi tranquille !

Le seul signe de vie que j'ai laissé derrière moi en courant dans ma chambre, c'était les deux petites larmes parallèles qui coulaient le long des joues de ma sœur.

Je me suis laissée tomber par terre, en essayant de me faire le plus mal possible. Et j'ai pleuré, encore.

D'abord de rage, longtemps, mais plus je pleurais, plus je me rendais compte que ce n'était pas ma peine, ni ma colère qui me faisaient pleurer. C'était l'impression d'avoir fait du mal à Constance, qui était innocente dans toute cette histoire. Ce sentiment d'injustice que je ressentais depuis la veille se retournait contre moi. Tout s'était retourné contre moi. Tout était à l'envers. Je ne comprenais plus rien à cette situation cassée de l'intérieur. Il fallait que je m'en aille.

J'ai repris mon sac à dos, j'y ai ajouté les habits les plus sombres que je trouvais et j'ai descendu l'escalier en regardant mes pieds.

— Je vais chez grand-papa, j'ai dit, mi-figue, mi-noisette.

Ils m'ont regardée tituber dans l'escalier, sans rien dire. Au moment où j'atteignais la porte, maman a couru vers moi :

— N'oublie pas ta veste, il fait froid ma ch... Aurore.

— Merci, maman, j'ai dit sans faire exprès.

12

— Toc, toc, toc.

— ...

— Re toc, toc, toc.

Ce que j'aime bien avec les personnes âgées, c'est qu'il faut s'armer de patience. On prend le temps, quoi.

— TOC, TOC, TOC, debout là-dedans !

J'ai entendu des trucs qui grinçaient en se rapprochant. J'ai posé l'oreille contre la porte. Ah non, c'étaient des trucs qui se rapprochaient en grinçant.

— Grand-papa, c'est moiiiii !

Il a ouvert la porte, m'a regardée un instant pour me reconnaître. J'aime bien quand il fronce les sourcils, parce qu'on ne voit plus ses yeux du tout.

— Aurore !

Je suis tombée dans ses bras, et me suis mise à pleurnicher doucement.

— Grand-papa, je peux rester chez toi, ce week-end ?

Il m'a souri, m'a prise par la main et m'a emmenée à l'intérieur de la maison.

— Aurore, raconte-moi ce qui ne va pas...

On s'est installés dans le canapé, j'ai laissé ma main dans la sienne et j'ai tout déballé.

Ses mains sont drôles. Grandes, toutes ridées à l'extérieur, poilues, avec des petits creux partout, qu'on dirait des nids-de-poule, et des veines longues et fortes comme les lianes d'Amazonie.

Mais quand il serre ma main dans la sienne, je sens juste ses paumes toutes lisses. C'est chaud et rassurant.

C'est peut-être ça, grandir. Plus la vie nous cabosse à l'extérieur, plus au-dedans, on s'adoucit. Parce qu'on comprend, au bout d'un moment, que ça ne sert à rien de lutter. Tout passe, et passe, et à force de nous repasser dessus, la vie nous apaise enfin. Comme la mer qui d'années en années, vague après vague, finit par rendre le sable si fin sous nos pieds.

13

Grand-papa parle bas et peu. Mais il écoute drôlement bien.

J'avais l'impression que chacun de mes mots était aspiré dans le siphon de ses larges oreilles. Et plus je parlais vite, plus ça aspirait fort. Au bout d'un moment, ça m'a calmée. Un peu vidée aussi, mais ça faisait du bien.

Faut dire que dans ses oreilles, il y avait une couche de poils qui amortissait ma douleur. Comme un coussin de feuilles mortes qui rendait ma fugue un brin plus légère.

— Aurore... Quand ta grand-maman est morte, l'amour de ma vie, j'ai pleuré et crié longtemps, et c'était la première fois de ma vie que ça m'arrivait. Et j'ai arrêté de chanter, pendant de longues années. Je n'ai plus touché ma guitare du tout. Ma joie s'était évadée, très, très loin. Comme si soudain, elle avait peur de moi. Et ma colère est rentrée tout au fond. Elle a pris une place énorme. Une place telle que je ne sentais même pas sa présence. Je ne sentais plus rien, en vérité. Elle m'avait remplacé. Moi qui chaque jour prenais ma guitare et chantais pour Éléonore ; elle qui chaque jour chantonnait avec moi, du bout des lèvres, tout en lisant les romans qu'elle adorait. Des romans tragiques souvent, intenses. Mais nos voix, et les notes de musique s'élevaient ensemble et donnaient du sens à la vie. Quand elle est partie, toutes mes habitudes, mes envies, sont parties avec elle.

Puis un jour, tu étais chez moi. Tu n'avais pas encore trois ans. Je te gardais pour l'après-midi. Tu jouais avec tes poupées et puis, je ne sais quelle mouche t'a piquée, tu t'es plantée devant moi, en fronçant les sourcils et tu as dit : « Où grand-maman ? ». Je t'ai répondu : « ... Elle est partie, grand-maman. »

Tu as froncé encore les sourcils, fait un petit tour sur toi-même. Comme si tu cherchais une cachette. Puis, tu as couru vers la guitare, penché ta petite tête dans l'ouverture de la caisse, et tu as appelé : « Grand-maman ! Lààà ? »

Évidemment, j'ai souri. Pas trop fort, pour empêcher les larmes de sortir. J'ai pris ma guitare, et j'ai chanté pour toi, jusqu'au soir. Tu étais assise par terre, et tu jouais paisiblement, bercée par la musique. Tu tournais ton regard vers moi, à la fin de chaque chanson, prête à me gronder si j'arrêtais de chanter.

Ta grand-maman faisait exactement pareil...

Depuis ce jour, j'ai commencé à reprendre ma place, à l'intérieur de moi. Et puis j'ai pu voir tout ce qu'il y avait encore à aimer, à chérir tout autour.

— Fiou, j'ai soupiré. Enfin, ouf... enfin, pff...

Je ne savais plus comment grimacer pour traduire ce que je ressentais là. Alors, j'ai regardé son épaule, j'ai posé ma tête dessus. Il m'a embrassée un moment puis il a dit :

— Allez, il faut dormir maintenant.

Ce soir-là, j'ai dormi sur le canapé du salon.

Juste à côté de la pendule.

D'habitude, ça m'énerve, le tic-tac. Là, j'avais l'impression que ça me berçait. Comme une petite chanson qu'on danserait au ralenti. J'ai fermé les yeux et je me suis imaginée toute petite, dans les bras de ma mère. La douceur de sa voix s'est mêlée à la nuit pour me raconter sa peine.

— Tout ira bien, maman, j'ai dit en m'endormant.

14

Le lendemain, à l'aube, j'ai entendu des pas dans la cour. Grand-papa dormait encore dans sa chambre, à l'étage. Moi, j'étais emmitouflée sur un gros duvet, sous le canapé du salon. Non, l'inverse. Le canapé était dans un gros duvet sous le salon et moi j'étais emmitouflée dans tout ça.

Non... Bref. Quand je ne suis pas réveillée, faut pas m'énerver avec les mots.

C'était un de ces matins où le silence est tel que n'importe quel papier volant se fait ouragan, n'importe quel courant d'air agit sur les sens comme une tornade du Pacifique. Un oiseau se serait posé sur le rebord de la fenêtre, j'aurais crié : « Pearl Harbor, tous aux abris ! »

Des pas dans la cour. J'ai cru entendre débarquer un troupeau de mammouths.

J'ai cligné trois fois des yeux pour réveiller mes oreilles, je me suis levée discrètement, j'ai tendu la main vers les rideaux pour les écarter doucement, et passé mon nez au travers pour épier la scène en mode furtif.

— BONJOUR, MADEMOISELLE !

Ça m'a renversée d'un coup, et je me suis retrouvée les fesses par terre, avec des pommes qui roulaient autour de moi. J'ai regardé mes mains, et c'est en voyant qu'elles étaient encore agrippées aux rideaux que j'ai compris que j'allais me prendre la barre sur le coin de la tête. BAM ! Voilà qui est fait.

— ÇA VA, MADEMOISELLE ?

Je voulais détaler quatre à quatre, me réfugier auprès de mon grand-père, mais je suis restée là, un peu choquée.

Sa voix avait quelque chose de spécial. Une musique que je ne connaissais pas.

Je me suis relevée un peu, et je l'ai aperçu.

J'ai ouvert la fenêtre.

— Qu'est-ce que vous faites là ?

— C'est moi, Sliman !

— On se connaît ?

— Non...

— Alors, on dit « Moi, c'est Sliman », pas « C'est moi Sliman ».

— D'accord. Sliman, c'est moi !

J'ai secoué les yeux.

Comme les rideaux s'étaient complètement cassé la figure, la mienne avec, je le voyais vachement bien, Sliman.

C'était un ado, comme moi. Il souriait beaucoup comme ça.

— Pourquoi tu souris beaucoup comme ça ? j'ai dit.

— J'aime bien comme tu es habillée.

— C'est pas mes habits, c'est des rideaux.

— Ah, tu t'habilles avec des rideaux !

— Laisse tomber. Tu habites où ?

J'ai fait mine de regarder à droite à gauche par la fenêtre, mais je me doutais bien qu'il y avait peu de chances qu'il habite le pâté.

— J'habite par-ci par-ci, par-là par-là, c'est kif-kif. J'habite dans la nature.

— Mais t'es arrivé comment, ici ?

— J'ai pris un grand bateau !

— Un grand bateau jusque devant ma fenêtre ? Et d'où il venait, ton grand bateau ?

— De l'autre côté de la mer. Tout seul. Papa et maman étaient partis. Décidés.

— Ils ont décidé de partir ?

— Décidés, morts ! Dans la guerre.

— Oh ! Décédés...

— Alors, je suis parti ! C'était il y a six mois déjà. D'abord, le bateau. Mer, Italie. Police. La police a couru, mais je cours plus vite. Jusqu'en France. En France, c'est pas chaud, mais c'est pas la guerre. Alors, je suis resté. Ici, il y a la nature, des grands arbres, mais rien à manger dedans.

Je me suis figée quelques secondes, interloquée, en imaginant tout ce qu'il avait traversé. Mais ce qui sautait aux yeux en le voyant, c'était simplement le courage et la joie.

— T’as faim ? Tu veux manger quoi ?

— J’aime bien les œufs des poules.

— Tu veux des œufs à la coque ?

— Nan, je préfère à la poule.

— Attends, je vais réveiller mon grand-père.

— Nan, nan, va pas le réveiller, surtout s’il est grand.

Il m’a regardée en souriant. Il avait un beau sourire, éclatant, avec le regard qui pleure un peu. C’était assez acrobatique de sa part, je trouvais.

Grand-papa est descendu tranquillement, il a souri.

— Mais entre donc, jeune homme !

Il est comme ça, grand-papa. Le cœur sur la main. Bon, en l’occurrence, là, il avait aussi la main sur le cœur à cause des escaliers.

Sliman a commencé à passer une jambe par la fenêtre.

— Attends, par la porte, a dit grand-papa. Viens par là.

— Non, Sliman Spider-Man, dérangez pas.

Et d'un petit saut agile, il est entré dans le salon.

— T'as vu ?

Il m'a lancé un regard fier.

— C'est plus facile, sans les rideaux, j'ai répondu.

— Regarde encore une fois.

Il a fléchi les genoux, et j'ai compris qu'il s'apprêtait à bondir sur la table.

— Non, non, c'est bon, je te crois. Moi, c'est Aurore au fait.

Je lui ai tendu la main.

— Honoré !

— C'est pas Sliman, ton nom ?

— Si, si, Sliman c'est moi !

On a bien rigolé et grand-papa a fait cuire des œufs.

15

Sliman mangeait, le visage immobile, sauf la bouche qui mastiquait à toute vitesse, tout en nous dévisageant l'un après l'autre. Comme s'il ne comprenait pas encore tout à fait pourquoi on s'occupait aussi bien de lui. Il avait l'air de manger vite, avant qu'on change d'avis. Et moi je mangeais lentement parce que je m'imaginais sa vie aujourd'hui, seul.

— T'avais faim !

— Non, ça va. J'ai déjà mangé avant-hier, un peu. Là, je prends les forces pour les jours qui viennent.

C'était bon de rencontrer quelqu'un de si différent. L'écouter parler ou rigoler. Ça promenait ma tête ailleurs. J'oubliais mes colères, je laissais mes problèmes de côté. Je voulais juste m'évader au son de sa voix qui venait de si loin, plonger dans ses yeux qui me semblaient si proches.

Bon, là, je vous vois venir, vous vous dites : « Ça y est elle est en train de tomber amoureuse, gnagnagna... ». Paaaas. Du. Tout !

En tout cas, j'avais pas d'appétit, et de toute façon, il mangeait pour quatre.

— Ils sont où, tes parents ? a demandé Sliman.

— Je sais pas. Je sais plus, en fait, j'ai répondu, la tête baissée.

— Tu sais plus ?

— Non, je sais plus !

— Aurore vient de vivre un moment difficile, a expliqué grand-papa.

— C'est pas un moment difficile, c'est une tragédie ! j'ai dit.

— C'est quoi une tragédie ? a demandé Sliman.

J'allais lui répondre un truc bien senti, poignant et tout, et puis j'ai eu dans la tête les images de tout ce que Sliman avait enduré. La mort de ses parents, la guerre, la fuite. Alors j'ai pris mon temps pour répondre.

— Je ne sais plus qui sont mes parents. Je croyais que j'avais une famille, une sœur. Et je viens d'apprendre que j'ai été adoptée.

— Alors tu sais plus.

— Oui je sais plus.

— Tu veux qu'on aille les chercher ?

— Chercher qui ?

— Tes vrais parents.

— Comment ça ?

— On se promène partout et on demande aux gens. On fait les détectives, comme Sherlock Holmes et Watson le toubib !

— Docteur Watson ?

— C'est une bonne idée, a dit grand-papa. Allez vous balader un peu. Je vais vous préparer deux sacs à dos avec de l'eau, un pique-nique, et des vestes au cas où il se mettrait à pleuvoir.

Il est parti à l'étage. On l'entendait trifouiller dans ses affaires.

Je me suis retrouvée seule avec Sliman, un peu gênée. Il me regardait et moi, je regardais mon assiette. Il a regardé mon assiette, ça m'a gênée alors j'ai regardé mes mains. Il a regardé mes mains, ça m'a encore plus gênée, alors j'ai mis mes mains sous la table. Et là, ça m'a trop gênée parce que je n'avais plus de mains pour me cacher. Je me suis dit que je n'avais plus qu'une solution, rougir comme une débile. Et c'est ce que j'ai fait, pas plus tard qu'immédiatement.

Heureusement, on a entendu la voix de mon grand-père.

— Regardez ce que j'ai trouvé ! il a crié dans les escaliers.

(Il avait rien trouvé dans les escaliers, c'est lui qui était dans les escaliers et qui criait : « Regardez ce que j'ai trouvé ». Faut être attentif à la ponctuation, quand même. C'est comme si on disait « Venez manger, les enfants », c'est moins cruel avec une virgule. J'aurais pu être plus vache avec vous et écrire : « Regardez ce que j'ai trouvé ! a crié mon grand-père dans un élan qui faisait plaisir à voir, en haut des escaliers. »

Voilà, c'est pareil. Il n'a pas crié dans un élan. Et d'ailleurs, y avait pas d'élan dans les escaliers.)

Bon, j'en étais où ? Ah oui, mon grand-père qui crie dans les escaliers.

Il est descendu avec un sourire tout poussiéreux et une loupe éclairée. Non, l'inverse. (Ça y est, vous m'avez embrouillée.)

Sliman s'est approché de lui.

— Ouah, je peux voir ?

— Tiens.

Il a approché la loupe de son visage, et a commencé à tourner sur lui-même en regardant partout.

Moi, je ne voyais pas bien ce qu'on allait en faire, de ce machin-là. Disons que c'était pour le côté symbolique des choses. Sliman s'est mis devant le miroir du salon, et il a sursauté. Puis, il a aperçu le chat qui mangeait tranquillement. Il lui a mis la loupe pile entre le museau et l'écuelle, et le chat a ronronné. Ça l'a surpris. (Sliman, pas le chat.) Le chat, lui, je crois qu'il était tout simplement content d'avoir des grosses croquettes.

Grand-papa nous a tendu nos deux sacs à dos.

— Voilà, vous êtes parés pour l'aventure.

— Parés pour l'aventure, a répété Sliman en glissant la loupe à sa ceinture.

Il était fier, et s'imaginait déjà en guide ou en garde du corps téméraire. Et c'est vrai que même si on se trouvait plutôt dans ma ville à moi, c'était bien Sliman le champion du voyage.

16

Alors qu'on commençait à marcher, avec Sliman, le nez au vent, mes pensées se sont mises en route avec moi, et ça tourbillonnait. Je me demandais si mes parents étaient en train de s'inquiéter, si Constance m'avait cherchée ce matin. Si le chat avait poussé un miaulement lugubre devant ma chambre vide...

Jusqu'à ce jour, le seul geste de rébellion que j'avais envisagé, c'était de me laisser pousser les mèches devant les yeux. Mais là, c'était un cas de force malheur, et je devais commencer à pouvoir me laisser dire qu'il allait falloir savoir passer à la vitesse supérieure.

Voilà, j'ai mis plein de verbes parce que je suis énervée.

Je me suis donc fait une liste de choses à faire pour embêter mes parents :

— Systématiquement remonter les poubelles le matin, juste avant le passage des camions.

— Engueuler le chat quand il fait pipi dans sa caisse pour lui désapprendre les bonnes manières.

— Ramener plein de feuilles mortes et de brindilles à la maison, en leur disant de les garder parce que c'est un cadeau. Comme quand j'avais deux ans et demi.

— Dire « Au revoir » le matin quand j'arrive au p'tit déj', et « Bonjour » quand je pars à l'école. Puis « À bientôt », le soir quand je rentre de l'école, et « Hello tout le monde, comment ça va ? » avant d'aller me coucher.

J'allais lancer une vraie guerre psychologique !

En tout cas, c'était chouette de marcher tranquillement à côté de Sliman. Moi qui étais d'habitude si indépendante, presque solitaire dans mes pensées, j'étais heureuse, pour une fois, d'avoir quelqu'un à suivre, à admirer. Comme lors des promenades avec mon papa toute petite au zoo. (Débrouillez-vous pour remettre tout ça dans l'ordre, vous avez l'habitude maintenant.)

On s'approchait maintenant du centre-ville. Ça sentait bon.

— Tu sens ? Il y a quelque chose de joyeux dans l'air, aujourd'hui.

Il a regardé le ciel :

— Des oiseaux ?

— Oui mais non. Dans l'air, je dis. L'atmosphère est agréable, quoi.

— L'atmosphère, c'est derrière le ciel, il a dit sérieusement. Je vois pas jusque-là.

— Prends ta loupe, Watson, j'ai rigolé.

17

J'aimais vraiment beaucoup parler avec Sliman. Tout était nouveau et troublant dans ce qu'il apportait doucement à ma vie. Comme un vent du désert, qui réchauffe et déroute en même temps. Un vent qui, à chaque rafale, change un peu le paysage autour.

— Sliman, c'est comment, le vent, dans ton pays ?

— Le vent ? C'est comme un ami très cher et qui vient de très loin. Quand il nous rend visite, on dit qu'il est fatigué et plein de sable dans les cheveux. Mais il ramène plein d'histoires avec lui. Alors, on s'assied, on ferme les yeux et on l'écoute raconter : les déserts qu'il a balayés, les villes qu'il a traversées, les vieillards qu'il a décoiffés, les oiseaux qu'il a portés sur ses épaules, et toutes les étoiles qu'il a chatouillées. Quand il a fini de parler, quand on a pu s'évader un peu avec lui, le vent s'arrête. Alors, on peut commencer à lui raconter nos soucis, et déjà, ils nous semblent moins importants. Quand le vent repart, il les emporte avec lui.

Il a dit tout ça avec son accent si joli, et ses mots étaient tellement beaux et paraissaient si simples que je n'avais pas envie de parler, juste m'évader un moment en écoutant ses paroles.

— Et la pluie, c'est comment, la pluie ?

— La pluie, c'est mouillé, c'est nul !

On a rigolé. C'était un peu comme avec Xu : il venait de si loin et pourtant, tout paraissait naturel entre nous.

— C'est l'aventure, l'aventure, il a claironné, comme s'il voulait faire trembler toutes les fleurs au bord du chemin.

— On dit : « L'aventure, c'est l'aventure ! »

— Oui, « C'est l'aventure, l'aventure », c'est ce que je dis !

— Dis plutôt, « Les voyages forment la jeunesse », ce sera plus clair !

— Chez nous, on dit « Les voyages déforment la semelle ».

— Oui, ça marche aussi...

À force de raconter des bêtises, on était arrivés dans le centre-ville. Sliman s'est arrêté un moment ; il regardait les passants avec des yeux tout ronds. Je crois qu'il n'était plus du tout habitué à voir autant de monde autour de lui.

Il restait un peu en retrait, caché derrière mon épaule et avait considérablement ralenti le pas, marchant très doucement, comme s'il ne voulait rien perturber du manège de la ville, mais rester simple observateur.

Il me faisait penser à moi, la fois où on avait fait un safari avec mes parents. Mais là, pour Sliman, la vie sauvage, c'était les gens dans la ville. Avec leurs mines tristes, leurs grognements ravalés et leurs pas pressés, invraisemblablement orchestrés par la main invisible de la routine.

(Oui, je sais, la phrase est complexe. Vous n'avez qu'à la relire une ou deux fois. Un jour, j'écrirai un roman, tout beau, avec des mots limpides et des idées lumineuses. Mais aujourd'hui, ma vie est tellement embrouillée que j'ai besoin de beaucoup de mots pour vous la raconter.)

Je sentais Sliman agripper mon épaule chaque fois qu'une voiture le frôlait.

— Viens, si tu veux, on va dans un endroit plus calme.

On a rejoint une petite rue piétonne que je connaissais bien.

— Voilà une petite rue piétonne que je connais bien, j'ai dit à Sliman parce qu'il avait pas écouté.

— C'est très joli, et il y a même un stand d'ananas, a dit Sliman, parce qu'il avait tout le temps faim.

— C'est toi, la nana, j'ai blagué.

— De quoi ?

— Non, c'est une blague que je fais souvent.

— Quelle blague ?

— Tu reprends un mot que l'autre vient de dire et tu dis « C'est toi ».

Il a pris deux secondes.

— C'est toi, l'autre, il a répliqué.

— Non, c'est toi, j'ai dit en lui mettant une petite claque pour faire du beurre. Enfin pour du beurre. Pour faire semblant que j'étais vexée.

— Non, c'est toi, il a redit, en me rendant ma claque. Sauf que sa main est partie un peu vite, un peu fort et qu'elle a écrabouillé la fleur que je mâchouillais tranquillement depuis quarante-cinq minutes.

— Gros nigaud, j'ai crié.

Il a regardé la fleur par terre, mais j'avais plutôt l'impression que c'était pour éviter mon regard.

— C'est pas grave, tu m'as pas fait mal.

— Alors c'est qui, l'autre ? C'est toi ou c'est moi ?

Ça m'a laissée songeuse. C'est vrai, ça. L'autre, c'est qui ?

Qu'il s'agisse de Sliman, si différent de moi, venu totalement d'ailleurs, avec ses coutumes à lui, sa façon de voir la vie ou de comprendre les étoiles, ou qu'il s'agisse de Constance, ma sœur, élevée par les mêmes parents, dans la même maison, dans le même pays, ça revenait au même : l'autre, c'est tout le monde sauf moi. Et pour le monde entier, je suis l'autre. Donc moi, je suis l'autre ; et par conséquent, l'autre, c'est moi. Tout le monde est moi. Je suis tout le monde.

Ça donnait le vertige. Tous les gens que j'allais croiser dans ma vie, seraient désormais des autres « moi ». Il fallait que je fasse gaffe à bien les traiter. Comme moi-même, en quelque sorte.

J'ai essayé d'expliquer tout ça à Sliman.

— L'autre, c'est nous deux. Enfin l'autre... l'autre, c'est personne. On n'a qu'à dire que ça n'existe plus, d'accord ?

Plongés dans notre grande réflexion philosophique, on était un peu restés dans le passage, et les passants nous contournaient en jetant des regards étonnés.

Sliman s'est rappelé soudain la mission qu'on s'était fixée, a braqué sa loupe devant ses yeux et s'est dirigé d'un coup vers la première vieille dame qui lui tombait sous le nez.

— Bonjour, madame, c'est moi Sliman !

Elle a eu un geste de recul.

Je me suis approchée également :

— Attends, Sliman, pas la peine de faire les gros yeux. Tu fais peur aux gens avec ta loupe.

— Pardon. Bonjour, madame, vous connaissez Aurore ?

— Non. Bonjour.

— On recherche ses parents, vous les connaissez ?

— Vos parents ? Vous êtes perdue ?

— Non, c'est ses parents qui sont perdus.

— Vos parents se sont perdus ?!

— Non, j'ai perdu mes parents.

— Vous les avez perdus ? Mais où ça ? Au marché ?

— Non pas au marché !

Je ne lui donnais que des bouts d'informations. (C'est une technique que j'avais découverte dans un film policier.) Pour la déstabiliser. Qu'elle me donne des indices, sans s'en apercevoir.

Bon là, ça ne marchait pas vraiment, parce que, la pauvre, elle était vraiment pas au courant, de rien du tout.

Faut dire qu'on avait quand même peu de chances de tomber sur quelqu'un au courant de quelque chose, mais je dois dire que c'était amusant à faire, et ça permettait de dédramatiser.

Au bout d'un moment, je lui ai quand même expliqué :

— En fait, c'est moi qui suis perdue, en fait... je suis un enfant adopté, en fait. Je recherche mes vrais parents. Les autres, j'en ai plus vraiment besoin, j'ai ajouté, un peu par provocation.

Elle a plissé du front tout ce qu'elle a pu, mais ça ne nous a pas vraiment impressionnés parce que là-haut, y avait pas mal de rides, déjà.

— Vous êtes allés demander à la police ?

Là, c'est Sliman qui a pris peur :

— Non, on est des détectives privés. On enquête en cachette.

— Oui, en souterrain, j'ai complété.

— Mais moi, je ne peux pas vous aider. Et en plus, j'ai rendez-vous chez ma coiffeuse. À la limite, demandez à Joséphine, la boulangère du quartier. Elle connaît tout le monde.

Joséphine ! C'était la cruelle boulangère dont je vous parlais au début.

— Viens, Sliman, on y va ! Merci, madame.

— Et n'oubliez pas, c'est une histoire secrète ! N'en parlez à personne. Sauf à votre coiffeuse, si vous voulez !

18

Ça me faisait du bien de parler de mes problèmes un peu à n'importe qui. Le brouillard que je ressentais autour de moi depuis deux jours se dissipait quelque peu. C'est une métaphore, donc. Il n'y avait pas vraiment de brouillard, ce jour-là. Juste de gros nuages lourds qui avaient l'air de nous avoir pris en filature.

On s'est dirigés vers la boulangerie, c'était pas loin du tout.

La caverne d'Ali Baba au rhum, ça s'appelait. Ça m'énervait un peu, ces noms de magasins en calembours. C'était comme ces magasins de lunettes, j'en connaissais plein avec des noms débiles : *Opti soins* ou *Opti bonheur la chance*. Et les fromagers : *Je vous présente mes fromages*. Les bouchers : *Mon royaume pour un steak de cheval* ! J'en avais vu de toutes les couleurs. Moi, si je devais ouvrir une boutique, ce serait une librairie-pâtisserie-magasin de musique, et je l'appellerais : *Mille feuilles* ! On pourrait dévorer des livres tranquillement en écoutant des tartes aux pommes. (L'inverse, si vous voulez, ce serait libre comme endroit. Fallait juste prévoir du Sopalin partout pour pas que les clients ne tachent les bouquins avec leurs mains pleines de doigts, leurs doigts pleins de miettes, et leurs miettes pleines de beurre.

Si vous vous demandiez ce que je voulais faire plus tard et bien voilà, je vous ai répondu.)

Bon allez, c'est pas tout ça, mais on avait une énigme à résoudre.

On est entrés dans la boulangerie.

— Bonjour, madame, c'est bien ici, la boulangerie *Blanche-Neige et les sept pains* ? j'ai demandé pour l'embêter.

— Non. Ici, c'est *La caverne d'Ali Baba au rhum* ! Qu'est-ce qui t'amène, Aurore ?

Zut, elle connaissait mon prénom. Pour une détective privée, ça commençait bien.

— Rien, rien, j'ai dit.

Elle m'a regardée d'un air bizarre.

Sliman a renchéri :

— Rien, rien, rien, il a dit en faisant semblant de regarder en l'air.

Mais, en fait, ses yeux n'arrêtaient pas de faire des allers et retours entre le plafond et les pâtisseries.

Joséphine, déjà, perdait patience. Ça, c'était une autre technique que j'avais vue dans un film. Mettre le témoin sous pression, jusqu'à ce qu'il craque nerveusement et raconte tout ce qu'il sait pour qu'on lui fiche la paix. Évidemment, ça ne marchait que si l'interrogé était au courant de quelque chose.

— Bon, mais qu'est-ce que vous faites là, tous les deux ?

— On fait une enquête !

— Ah non, j'ai pas le temps pour les enquêtes ! Je travaille moi.

Je regardais Sliman qui avait l'air hypnotisé par l'odeur des pâtisseries.

— Bon, nous aimerions déjà acheter quelque chose à manger, j'ai dit pour gagner du temps. Hein, Sliman, tu as faim ?

— Non, non, j'ai pas faim, il a dit en secouant bien fort la tête de haut en bas.

— Il y a une chose que je dois vous demander, madame, j'ai dit, la tête dans les viennoiseries.

— Oui, je vous écoute, tarte aux pommes ou pain au chocolat ?

— Non, non, rien à voir.

— Jambon-beurre, baguette ?

— Non, quelque chose de sérieux !

— Ah... du pain complet ?

— Naaan, c'est quelque chose de pas facile à dire...

— Rissole aux épinards ? Quiche au cochon, chouquettes à la courge ?

— Mais non, je veux dire quelque chose de pas habituel, quoi.

— Baba au rhum, tourte de Linz ?

Sliman n'écoutait pas, il continuait ses rondes nerveuses devant la vitrine prometteuse de tant de couleurs et de calories.

— Bon, excusez-moi, madame, est-ce que je peux finir ma phrase sans que vous m'interrompiez ?

— Oui, est-ce qu'elle peut finir sa phrase sans que vous mettiez vos pieds ? a confirmé Sliman.

— Ah bon, c'est une question délicate...

— Disons que c'est quelque chose que je peux pas gueuler sur les toits !

— BABA AU RHUM, a crié Sliman !

— Ah, ça y est j'ai compris. Elle a baissé le ton de sa voix et a approché la tête. Si vous avez des problèmes de digestion, j'ai du pain aux figues et aux pruneaux, pour faciliter le transit intraveineux, si vous voulez.

— Intestinal !

— C'est ce que j'ai dit. Mais vous allez pas me dire que vous êtes constipée avec toutes les tartes aux pommes que vous avalez ?

— NON ! Je commençais à rougir d'impatience et de gêne en même temps.

— Est-ce que vous connaissez mes parents ?

— Oh, ben, depuis le temps, disons que je vois bien qui c'est. De là à dire que je les connais...

— Mes *vrais* parents, vous les connaissez ? J'ai été adoptée, moi, je vous ferais dire !

J'avais sorti ça comme ça, d'un ton presque fier. Ça m'a surprise moi-même. L'avantage, c'est que ça l'avait bien déstabilisée.

— Vous, vous avez été adoptée ? Vous êtes sûre ? Mais vous êtes toute... Enfin, vous n'êtes pas... Enfin, vous êtes toute blanche, quoi.

J'ai tiré un peu la tête.

— Oui, je suis sûre.

— On est très sûrs ! a appuyé Sliman.

— Bref, vous qui connaissez bien les gens du quartier, qui vivez là depuis vingt ans, et qui avez croisé mes faux parents des centaines de fois, je me disais que vous aviez peut-être entendu parler de quelque chose, une fois, sans faire exprès.

— Ah non, attention, moi, quand j'écoute les conversations d'autrui, je le fais exprès. Sinon, ça n'a aucun sens. C'est une question de principe, j'ai envie de dire. Tenez, prenez par exemple...

— Non, mais c'est bon. Bref, est-ce que cette histoire vous dit quelque chose ?

— Bon, tout ce que je sais, c'est qu'à une époque, et je vous parle de ça, c'était pas hier ou quoi que ce soit. Quand je dis « à une époque »... (je commençais à drôlement perdre patience) ... je vous parle d'un temps où vous n'étiez pas née, donc.

— En effet, si vous parlez de la semaine dernière, ça m'intéresse déjà beaucoup moins.

— Non, c'est pour ça. Là, je vous parle d'une époque, comment qu'on dit... lointaine !

— Voilà

— Voilà, a répété Sliman.

— Donc, il y avait une histoire qui circulait, au sujet d'une fille très jeune et très pauvre qui avait accouché dans la forêt.

— La forêt ? Quelle forêt ?

— C'était une fille qui avait tout quitté, qui avait tout perdu, son mari, ses parents, son argent, sa maison. Et qui vivait dans une petite cabane abandonnée en pleine cambrousse.

— Mais quelle forêt ? (Sliman avait remis sa loupe sous son nez et s'approchait lentement de la boulangère).

— Je sais pas, une forêt quoi. Moi je vous raconte ça, mais c'est certainement une légende humaine.

— Urbaine.

— Oui, c'est ce que j'ai dit. Je crois que c'était une forêt juste en dehors de la ville.

— Vous êtes sûre que c'était pas une forêt en plein carrefour ? je l'ai coupée d'un air narquois.

(Narquois, c'est quand on est mi-amusé, mi-qu'on en a marre de discuter pendant des plombes avec une boulangère qui traîne des chaussons, et qu'on a un ami qui trépigne à l'idée de manger un croissant, et qu'on a envie de prendre l'air du dehors en dedans, et que quand même, je vois pas pourquoi je serais sympa avec une radine de la tarte aux pommes. Oui ça veut dire tout ça, *narquois*. C'est un mot dans lequel on met tout ce qu'on veut. C'est comme, c'est comme... Je trouve pas d'exemple. C'est comme sac à main, tiens. On met tout ce qu'on veut dedans aussi. Et paf !)

Elle a formé une sorte de circonflexe avec ses sourcils, comme si elle suivait le fil tordu de mes pensées et elle a répondu, en faisant un signe vers la droite avec sa main gauche :

— Non, non, en dehors de la ville.

— Bon, merci. Maintenant, on aimerait prendre de la tarte aux pommes, s'il vous plaît.

— Deux parts ?

— Oui. Vous faites une réduction « adoptés » ?

— Bah, non...

— Une réduction pour ceux qui habitent tout seuls dans la nature ? a demandé Sliman.

— Non, ça n'existe pas, ça.

— Mais bien sûr, ça existe. Moi, par exemple.

— Non, mais la réduction, ça n'existe pas.

— Laisse tomber, Sliman. Et, madame, s'il vous plaît, tout ce que je vous ai dit, c'est un secret, vous le dites à personne !

— Je dis à personne que c'est un secret ?

— Oui, voilà. Enfin, non, pas du tout ! L'inverse !

— Ah. Je dis à tout le monde que c'est un secret.

— Non, c'est un secret pour PERSONNE ! Non...

— Roh, vous m'avez embrouillé les pincettes, maintenant. Dans le doute, je le dis à tout le monde.

— Oui, voilà, faites comme vous voulez, flûte !

On est ressortis du magasin avec les joues luisantes, moi à cause de l'agacement, et Sliman à cause des miettes.

19

Je regardais Sliman

Moi, je pensais à cette histoire de forêt, qui m'avait intriguée quand même. Et j'imaginais cette jeune fille, je l'imaginais belle et courageuse, mais seule. Si seule. J'aurais tellement voulu avoir au moins une photo d'elle. Une peinture, un croquis même. Un reflet de ma vie d'avant, une fenêtre sur ma vie d'après. Ma mère.

En tout cas, je me rendais compte que mes parents avaient bien préservé le mystère autour de notre famille. Mais moi, le fait d'en parler aux passants et de découvrir que c'était un secret bien gardé pour tout le monde, eh bien, je me sentais mieux, déjà. C'est comme si la ville entière était devenue ma confidente. Qu'elle ne pouvait pas vraiment m'aider, mais qu'elle était là, comme une amie, juste pour écouter mes problèmes. C'était plutôt chouette.

— Viens, Sliman, on va aller dans la forêt. J'en connais une pas très loin.

On a pris un long, long bus, et puis on a marché, marché.

Nous sommes arrivés à la lisière de la forêt. Je me suis arrêtée net, j'ai pris une longue respiration, et j'ai dit :

— T'es prêt, Sliman ?

— Toujours prêt, Sliman !

Il se tenait bien droit et fier, le regard au loin, comme un chevalier servant, et moi, je le regardais. Sa présence et sa joie naturelle entraient dans mon cœur petit à petit, et quelque chose commençait à changer en moi. (Et, non, je suis toujours pas amoureuse, vous allez pas me le demander toutes les deux pages, quand même.)

Sliman est parti devant :

— Suivez-moi, mademoiselle ! J'ouvre le chemin.

C’était une belle forêt, bien dense, avec des petits chemins de terre un peu partout. Mais nous, on avait décidé de marcher hors des sentiers battus, parce que quand on part à l’aventure, on ne peut pas se permettre d’avoir peur des ronces. Je crois que c’est une phrase de Victor Hugo, d’ailleurs. « Même si ça pique les mollets », il ajoutait volontiers.

— Attention, Sliman ! Regarde, il y a des tiques qui ont grimpé sur ton T-shirt !

Sliman a fait un bond de sept mètres en arrière en poussant un cri !

— Aaah ! Des tigres ? Où ça ?

— Non, des tiques. Des petites bêtes qui sucent le sang.

Il a gardé un visage effrayé.

— Les tigres aussi, ça suce le sang.

— Oui, mais là, c’est juste un insecte ! Prends ta loupe. Regarde les petites choses noires sur toi.

— Aaaah !

Il a secoué son T-shirt, et son pantalon, et ses cheveux, et puis il a fait deux trois bonds dans tous les sens pour être certain d’avoir tout évacué.

— Chez nous, les bêtes qui sucent le sang, elles sont grandes comme ça ! Il a écarté les bras tout grand et son sourire aussi. J'ai eu envie qu'il en profite pour me serrer contre lui, parce que j'avais un peu froid et que... je ne sais pas, mais j'avais envie d'être plus près de lui. (Bon, bref, arrêtez de me déconcentrer.)

On a marché des heures, en s'enfonçant toujours un peu plus dans la forêt. Je ne sais même pas si on cherchait quelque chose en particulier. Je pense qu'au point de désespération où j'en étais... (Je sais que ce mot n'existe pas, mais si je veux inventer des mots au milieu des fougères, vous ne pouvez pas m'en empêcher. Disons que ça signifie un mélange de désespoir et d'exaspération. Et toc !)

Donc... au point de désespération où j'en étais, j'avais juste envie de marcher sans réfléchir.

— Regarde, Aurore !

— Quoi ?

— Regarde ! (Il montrait du doigt tout autour de lui.) Là, là et là, partout. Et là aussi.

— Je vois rien.

— Mais si, justement. Je vois la nuit. Elle nous attaque de partout.

Zut, on n'avait pas pensé à ça. C'est vrai que même si la nature était jolie, on la voyait de moins en moins bien. La nuit était tombée d'un coup, sans prévenir. En même temps, elle fait ce qu'elle veut, mais faut dire qu'en l'occurrence, ça ne nous arrangeait pas du tout.

— J'ai pas vu le temps passer, dis donc, j'ai dit, donc.

— Si, il a répondu. Tu te rappelles quand j'ai entendu un bruit dans les grandes herbes à côté de nous ?

— Oui, c'était un souriceau, sûrement. Ou une souris sotte, ahah.

— Non, non. C'était pas une souricette, c'était le temps. Il a dû passer juste à côté de nous, et on n'a pas fait gaffe.

— C'était le temps qui nous sourissait ? j'ai rigolé.

— Oui, il nous a même tiré la langue et il s'est enfoui.

— Enfui.

— Enfoui dans la pénombre.

— Mais alors qu'est-ce qu'on fait, maintenant ?

— Je ne sais pas, on prend ce chemin, non ? Il a l'air bien.

— Hmm, oui, mais dans quel sens ?

— Dans le sens du vent !

Il a passé sa main dans mes cheveux pour les soulever.

— Ben vas-y, sens-toi libre, surtout, j'ai dit un peu fort.

J'étais surtout un peu intimidée, mais la grosse voix quand on a peur, c'est pour essayer d'effrayer l'autre plus que soi-même.

Bref, on est partis dans la direction de la pointe de mes cheveux ; mais, après encore un trop long moment de marche dans une nuit de plus en plus sombre (quand j'aurai un moment, je vous expliquerai ce qu'est un pléonasme, mais là, on est en plein suspense alors j'enchaîne), j'ai lancé à Sliman :

— Attends, stop ! On est perdus. Ça sert à rien de continuer à dormir, on va s'arrêter là pour marcher.

La fatigue me faisait dire n'importe quoi. D'habitude, c'est moi qui décide quand je dis n'importe quoi. Là, c'était la fatigue qui décidait toute seule.

J'avais faim, j'avais froid. Peur, aussi. Je vous l'ai écrit dans l'ordre de mes préférences.

Le pire, c'était la peur. Elle vous glace ce qu'il vous reste de sang. Le sang que le froid n'a pas encore attaqué. Celui qui se réfugie tout au fond du cœur.

Ça doit être ça qu'on appelle « s'évanouir dans la nature. »

(Si je suis trop tragique, n'hésitez pas à me le faire savoir.)

La faim, c'est presque agréable, au milieu de tout ça ; ça remue. On se sent vivre. Je me suis assise à côté de Sliman, sur un bout de je-ne-sais-quoi. Un tas de brindilles fatiguées, à mon humble avis. Moi aussi j'étais fatiguée, alors j'ai posé ma tête sur son épaule.

J'ai demandé :

— Ça va, Sliman ?

— Moi, tu sais, j'ai rien à gagner, rien à perdre, alors ça va bien, toujours. Je vis le jour le jour.

— Au jour le jour ?

— Oui, et la nuit la nuit, aussi, c'est pareil pour moi. Y a un proverbe chez nous qui dit : « Jette ton cœur loin devant, et cours l'attraper ». Ça veut dire qu'il faut écouter son cœur, mais son courage aussi.

C'est vrai. Je comprenais ce qu'il voulait dire. Quand on a perdu l'espoir, il y a toujours quelque chose à faire un peu plus loin. Un endroit que l'on n'a pas encore visité, un mot que l'on n'a pas encore dit à une personne que l'on n'a pas encore rencontrée. Une pensée qu'on n'a jamais osé avoir. Il faut toujours essayer d'aller de l'avant.

Voilà, à propos d'aller de l'avant, ça m'a fait penser à un petit dicton plein de bon sens.

— Tu sais, Sliman, il faut toujours...

— Quoi ?

Il n'a jamais su ce qu'il fallait toujours, pour la simple et bonne raison que je m'étais endormie, d'un coup sec !

20

Au petit matin, petit mais costaud, parce que ça caillait sévère quand même, j'ai ouvert les yeux. Jusque-là, rien de bien saisissant, je vous l'accorde, si ce n'est ce froid de pingouin, qui avait pratiquement collé mes paupières à mes joues.

J'étais dans le vague complet. J'ai fait un tour d'horizon avec mes yeux (c'est plus rapide qu'avec les pieds), et je me suis rendu compte que Sliman dormait encore, sur mes genoux en peluche.

Sur mes genoux en plus, pardon. C'est le froid qui perturbe un peu ma prononciation.

— T'es qui, toi ? je lui ai demandé tout doucement pour engager la conversation (on n'est pas des sauvages non plus).

Je l'ai entendu balbutier quelques mots. J'ai approché l'oreille :

— Sliman, c'est moi !

— Ah, j'ai rigolé. (Premier sourire du matin.) En tout cas, sans vouloir casser le romantisme exacerbé de ce réveil forestier, j'ai comme qui dirait l'impression qu'à un moment donné, il va falloir qu'on pense sérieusement à retrouver notre chemin !

— Aurore, tu dis toujours autant de mots, au réveil ?

— En fait, d'habitude je parle encore plus, mais là, j'ai la langue congelée, donc j'essaie d'aller droit à l'essentiel.

J'ai fait gigoter ma mâchoire dans tous les sens. J'avais un goût amer de végétation dans la bouche. J'en ai déduit que j'avais dû m'endormir le visage enfoui dans les feuilles mortes. Je vous conseille cette technique, a priori désagréable au goût, mais efficace quand même, en cas de grand froid.

— Ça fait du bien, ce crayon de soleil ! a dit Sliman

— Ha ha, oui tu as raison, ça va nous redonner des couleurs !

On s'est mis debout lentement, on a ramassé nos affaires éparpillées un peu partout, on a regardé autour de nous et, sans se concerter, on a indiqué la même direction :

— C'est par là.

— Hmm, c'est louche, a dit Sliman en scrutant l'horizon avec sa loupe sous le nez.

— C'est toi qui louches, je lui ai balancé, du tac au tac.

— De quoi ?

— Allez, viens, j'ai dit.

21

Je lui ai pris la main, comme ça, sans réfléchir. C'était la première fois qu'on se tenait la main. Et la première fois que je tenais la main d'un garçon tout court. (Faut que j'arrête ces blagues à double sens, surtout qu'on est déjà perdus en forêt, sans boussole.)

En tout cas, c'était pas calculé, mais maintenant, je voulais en profiter un peu. Voir comment ça faisait et tout.

J'ai serré sa main bien fort pour ne pas qu'il me lâche, et je l'ai entraîné derrière moi.

— Par là ! j'ai dit en tirant sur son bras d'un coup sec, pour rigoler.

Sur le coup de la surprise, il s'est tapé la loupe sur le bout du nez.

— Sliman, arrête de jouer, j'ai envie de rentrer, je te dis ! Tu t'es fait mal ?

— Oui, je me suis fait mal à la loupe, a confirmé Sliman, sur qui mon humour commençait à déteindre.

On a marché tout droit, les jambes emmêlées dans les fougères, en espérant retrouver le chemin de la maison. Un chemin, en tout cas, ce serait déjà bien.

— STOP ! j'ai crié.

— QUOI ? a recrié Sliman.

Je crois que je l'avais brusquement sorti de la douceur du moment, nos mains collées, tout ça, mais j'avais vu un petit truc bouger dans les brindilles, juste devant mes pieds.

Je me suis accroupie ; c'était un petit, tout petit oiseau, qui m'avait tout l'air d'être tombé du nid !

— Regarde ! Un oiseau qui m'a tout l'air d'être tombé du nid, j'ai dit tout haut.

— Quoi ? Ah oui, un oiseau qui est tombé tout nu dans l'air, il a précisé.

— Qu'est-ce qu'on va faire ?

— Attends, a dit Sliman en crachant dans ses mains. C'est bien un truc de mec, ça. Moi, je préférerais embrasser une limace boiteuse que cracher dans mes mains. Mais bon, ça lui donnait l'impression de maîtriser la situation, tandis que moi avec ma limace, j'aurais rien maîtrisé du tout.

Je l'ai vu sauter dans l'arbre d'un bon, sur la première branche à sa portée, puis il a continué à grimper rapidement et fluidement aussi.

(Je dis *fluidement* même si le mot n'existe pas, mais c'est plus rapide à écrire que « de manière fluide ». C'est moins ampoulé aussi. *Ampoulé*, ça veut dire « compliqué, pas clair ». Contrairement à une ampoule qui, elle, éclaire, allez savoir pourquoi.)

— Mais tu fais quoi ? j'ai demandé, le nez en l'air.

Je vais voir où elle est, sa famille. Petits, petits, petits ? Enfin, quand je dis « petits », j'espère qu'ils sont petits et que je vais pas tomber sur des aigles royals.

— C'est impossible, j'ai répondu.

— Ah ouf. Il a semblé rassuré tout à coup. Il n'y a pas d'aigles royals dans ton pays ?

— Non, non. En revanche, fais gaffe, des aigles ROYAUX, il y en a plein dans la région.

Il a failli lâcher la branche qu'il avait dans les mains.

— Quoi ?

— Nan, je rigole, y en a pas tant que ça.

Sliman a continué à grimper, mais il faisait beaucoup moins le fier-à-bras, soudainement. Dans l'air, on pouvait sentir encore cette légère brume matinale. Je frissonnais un poil. Plusieurs poils, même, mais j'étais contente. Là, ma priorité, c'était que l'oisillon retrouve sa maison. Je me concentrais un peu moins sur mes soucis.

— Allez Sliman, du nerf, il faut lui retrouver son nid douillet.

— T'inquiète pas, Sliman, c'est l'homme de la si...

Sliman s'est interrompu net. J'espère qu'il voulait pas dire « de la scie sauteuse » du haut de sa branche. J'ai vu Sliman commencer à se déplacer très lentement, et il a murmuré :

— Aurore, je crois que j'ai trouvé !

— Bravo !

— Amène-moi le bébé zoiseau !

— Mais tu rigoles ? Je ne monte pas là-haut, moi !

— Allez, je vais pas tout redescendre pour tout remonter.

— Insiste pas, c'est pas la peine !

— Qu'est-ce que tu dis, j'entends rien depuis là-haut. Ta voix est cachée par les feuilles.

— J'ai crié : INSISTE À PEINE, C'EST PAS À PAS.

— Je comprends rien à ce que tu dis, amène l'oiseau, arrête de faire la crouillarde.

— La trouillarde ?

— Oui, arrête de faire la fille, quoi !

— Alors là… Tu vas voir qui c'est, la fille.

J'ai sorti un paquet de mouchoirs de mon sac à dos et j'ai glissé délicatement l'oiseau dedans.

J'ai fait bien attention de ne pas le toucher avec les mains. Faut pas le toucher avec les mains, parce que la maman oiseau a les trous du bec vraiment sensibles et qu'elle ne voudrait pas le récupérer s'il sent des mains. Des mains d'humain. Elle serait capable de ne pas reconnaître son enfant et lui demander ses papiers à l'entrée du nid et tout. Et ça ferait juste un enfant adoptif de plus sur cette Terre injuste, infâme, implacable, inflammable, invertébrée, indiscrète, indifférente, insipide, investissement, inséminateur artificiel, insuffisance cardiaque, inspecteur Gadget, ainsi font, font, font, les petites marionnettes…

Oui je sais, j'essayais de gagner du temps, parce que j'avais déjà le vertige rien que de penser à ce qui m'attendait. Et quand j'étais concentrée sur une tâche importante, mon esprit vagabondait dans tous les sens. Du terme. Je ne sais plus ce que je disais. Ah, oui !

Bref ! Là, l'oiseau, emmitouflé de la sorte dans les mouchoirs, pas de risque d'odeurs suspectes. Au pire, il aurait un petit parfum mentholé pour son retour au bercail, c'était pas plus mal.

J'ai glissé ma veste délicatement dans la poche de l'oiseau. Non, j'ai glissé ma poche délicatement dans la veste de l'oiseau.

— Mais allez viens ! a crié Sliman.

— J'arrive !

22

Je me suis mise à escalader tant bien que mal, me hissant, me suspendant, tirant de toutes mes forces avec les bras et les pieds. Mes mains s'accrochaient à tout ce qu'elles pouvaient. J'avais l'impression d'avoir zéro coordination. Toutes les parties de mon corps avaient une idée différente derrière la tête. On aurait dit un troupeau de koalas à moi toute seule.

En deux minutes à peine, j'étais à bout de souffle. À bout de bronches, à bout de branches, à bout de tout. Mon cœur battait vite, mais je savais pourquoi. Alors, je me suis concentrée, j'ai avalé ma peur. Elle avait un goût amer et ça m'a rendue plus forte. J'ai continué à monter. Sans penser à la sueur qui coulait dans mes yeux. Je devais tenir fort, il ne fallait vraiment pas que je tombe, parce que, même si je n'étais pas encore arrivée très haut dans l'arbre, j'avais peur d'écrabouiller l'oiseau en tombant dans ma poche. (Me faites pas rigoler, c'est pas le moment !) Je ne sais pas pourquoi, mais à ce moment-là, j'ai pensé à ma petite sœur, et je l'ai imaginée toute perdue, sans moi, et certainement un peu trop fragile, comme ce petit être que j'avais recueilli.

J'ai levé les yeux vers Sliman, mais il était tout flou, à cause de l'émotion. Il n'était plus très loin de moi, maintenant. Il me tendait la main.

— Attrape-toi à moi, il a dit.

— Attrape-toi à toi-même, j'ai dit. Tu vois pas que j'ai les mains prises ?

J'avais peur de lâcher la seule et mince branche qui me donnait l'impression de ne pas être entièrement suspendue dans les airs.

— Allez, prends ma main. Je vais pas te lâcher.

Il a compris que j'allais pas bouger de sitôt, alors il a essayé de m'empoigner par les cheveux.

— Hé, mais ça va pas ! j'ai hurlé.

— Pardon, il a dit, gêné.

— Cinq minutes en haut d'un arbre, et tu te prends pour un homme de Cro-Magnon ?! j'ai dit en le menaçant du poing.

Et là, hop, il en a lâchement profité pour m'attraper le poignet, et il a réussi à me hisser jusqu'à sa hauteur. Je me suis assise tant bien que mal à côté de lui sur une branche que j'espérais assez solide pour nous deux.

Tout s'était passé en un éclair. Heureusement, d'ailleurs, parce que deux éclairs, j'aurais pas supporté.

Ça y est. Je pouvais voir le nid, à présent. Il y avait plein d'oisillons qui piaillaient. Les parents n'étaient pas là ; certainement envolés sur une branche à côté, pour observer la scène avec un mélange de peur et de rigolade, à mon avis. Grand bien leur fasse, j'aurais bien aimé les voir nager la brasse coulée, qui était ma spécialité à moi.

J'ai sorti l'oiseau de ma poche, et l'ai posé délicatement au milieu de ses frères et sœurs. Je les ai regardés tendrement se remuer les uns contre les autres.

— Allez, Aurore, on redescend !

— Oui, mais attends...

Pas eu le temps de finir ma phrase, pif paf pouf ! ses deux pieds avaient déjà touché le sol.

— Euh… Et moi je fais comment ? C'est malin, ça.

J'étais tétanisée, avec mon vertige. Impossible de bouger d'un centimètre vers le bas.

— Tu fais quoi, Aurore ?

— Je peux pas descendre, je suis bloquée.

— Vas-y, saute dans mes bras, je t'accroche !

— Mais, t'es fou, je vais te faire mal !

— Mais non, je suis très fort, Sliman c'est moi !

— Oui bon, ben moi, je vais me faire mal, alors ; ça compte aussi.

Sliman a battu de ses longs cils dans l'air taquin de la forêt. Il faisait souvent ça. Ça voulait dire qu'il réfléchissait. Sauf une fois, hier soir, où ça voulait dire qu'il avait un moucheron dans l'œil.

Au bout d'un moment, je l'ai vu se mettre à ramasser tout un tas de feuilles mortes et de fougères. Quand il en a eu les bras remplis, il a recommencé :

— Allez saute, Aurore, les feuilles vont t'attraper !

— Les feuilles ?

— Oui, oui, promis. Saute là-dedans, je te dis.

Il a commencé à me scruter avec sa loupe. Je pense qu'il était en train d'évaluer la trajectoire de ma chute.

— Est-ce qu'il y a du vent ? il a demandé en faisant des petits pas d'ajustement autour du tronc d'arbre.

— Mais j'en sais rien, s'il y a du vent ! Tu commences à m'énerver. Je suis pas un écureuil.

Je ne sais pas pourquoi j'ai dit « écureuil » ça n'avait aucun rapport. Cela devait être dû à ma position actuelle, sur une petite branche, en haut d'un arbre.

— Un quoi ?

— Un écureuil, banane ! Tu veux pas m'appâter avec des noisettes, tant que tu y es ?

Là, ça m'a fait penser que je commençais à avoir faim.

De toute façon, Sliman ne m'écoutait pas. Je le voyais cligner d'un œil, puis de l'autre, avec l'index en l'air.

— Allez, arrête de faire le mariole, j'ai froid ! Qu'est-ce que je fais, maintenant ?

— Hmm, attends, je crois que tu es un peu trop haut dans l'arbre, par rapport à l'épaisseur de mes feuilles.

— Sans blague ! Et t'avais besoin de ta fichue loupe pour t'en apercevoir ?

— Attends, j'ai une autre idée.

Je l'ai vu s'éloigner alors que je me cramponnais toujours à ma branche, pas du tout comme un écureuil.

— Hé, tu vas où ?

— Sliman revient !

— Oui, mais avant de revenir, tu vas où ? j'ai insisté.

Il ne m'entendait déjà plus. Je me sentais bête alors j'ai regardé autour de moi. Ça m'a donné le vertige. Pas ma bêtise, juste l'altitude.

Sliman avait disparu de ma vie. En tout cas, l'espace d'un instant, j'ai cru qu'il était parti sans moi. Mais vite, je me suis reprise. Fallait pas que j'imagine toute ma vie qu'on allait m'abandonner.

J'ai essayé de bouger un peu sur ma branche, tant bien que mal. Quitte à être perchée comme une idiote en haut de mon arbre, autant en profiter pour scruter l'horizon et se donner une contenance, au cas où, on sait jamais, je serais moi aussi scrutée par une meute de ratons laveurs.

J'ai tourné la tête dans tous les sens, mais mes yeux restaient rivés sur le tronc que j'agrippais fermement. Comme panorama dégagé, on avait connu mieux. Au bout de quelques laborieuses minutes de gesticulations désordonnées, j'ai fini par trouver une bonne position et me détendre un peu. J'ai penché la tête, lentement, juste à côté du tronc. Centimètre par centimètre.

Et là, derrière les arbres, au loin, dans un petit espace laissé libre par le feuillage des chênes millénaires et les aiguilles des sapins qui piquent, j'ai aperçu un bout de la ville. Quelques toits, à peine, mais c'était la ville. Et pour la première fois, sa vision m'apportait du réconfort. À ce moment-là, je ne la voyais plus comme une grosse machine qui écrase tout sur son passage, mais comme une grande maison vivante qui abritait tant de vies, de familles, d'amitiés, de rires. Des grands-mères qui jouent au balcon, des gamins qui tricotent des ballons. Des petits vieux dans les rues piétonnes, qui regardent marcher les moustiques en donnant des claques aux passants. Bref, plein de gens vivants, avec la télé ouverte et les fenêtres allumées, un œil sur le soleil bouillant et l'autre sur le coucher de ratatouille, dans la douceur du soir.

23

Tout cela m'a mise de bonne humeur, et j'ai commencé à siffloter l'air d'une chanson que je n'avais plus eue en tête depuis longtemps. C'était *Volver*, de Carlos Gardel. Un vieux tango que mon papa écoutait tout le temps quand j'étais petite. Je ne comprends pas bien l'espagnol, mais je sais que cette chanson racontait l'histoire d'un voyageur qui avait fui son pays de longues années et qui était hanté par l'idée de rentrer chez lui. Et moi, évidemment, ça me faisait penser à...

— Aurore !

Sliman était revenu. Pour le coup, j'étais bien, j'avais pas envie de redescendre tout de suite, mais son retour avait interrompu mes pensées, et de toute façon, vous devez commencer à en avoir marre des élucubrations touffues de mon cerveau. Il était pratiquement recouvert de branchages. (Sliman, pas mon cerveau.)

— Mais qu'est-ce que tu fiches encore avec tout ça ?

J'essayais de gagner du temps pour rester un peu dans cet entre-deux très agréable, calée entre mon désir grandissant de rentrer chez moi et la peur que chaque pas qui me rapprocherait de ma maison m'éloignerait un peu plus de ces moments passés avec Sliman. Ce mouvement de balance entre ces deux sentiments rendait mon cœur et mon corps vivants, et j'aimais ça par-dessus tout.

Bref, Sliman m'avait coupé l'élan sous les pieds, alors j'ai fait les yeux tout ronds.

C'était aussi une manière de le bouder un peu, parce qu'il m'avait fait poireauter trente minutes avec la brise glaçante qu'on ne sent pas vraiment quand on est sur la terre ferme comme toute personne normalement constituée, mais là, coincée en haut de mon sapin, c'était pas la même limonade.

— Je vais fabriquer une corde avec tout ça !

Là, j'ai fait les yeux tout carrés :

— Une corde ? Mais qu'est-ce que tu inventes ? Quoi, comme corde ? Une corde à linge ? Tu veux me laisser sécher là-haut encore trois semaines ?

— Attends, laisse-moi faire.

Alors, je l'ai regardé, un peu désespérée, bricoler avec tous ses bouts de bois et ses feuillages. Au bout d'une demi-heure, il a crié :

— Aurore, t'es toujours là ?

— MAIS OUI ! JE SUIS TOUJOURS LÀ ! Où veux-tu que je sois ? Je vais pas me mettre à sauter d'arbre en arbre comme un chimpanzé pour passer le temps.

— Regarde, j'ai fait une liane, comme Tarzan, un peu.

— Ce truc, là, c'est une liane ? Attends...

Il n'a pas attendu et l'a lancée dans ma direction.

J'ai tendu la main, par un réflexe malencontreux, et ça a suffi pour casser le maigre équilibre que j'avais trouvé jusque-là. Là, tout mon corps s'est senti happé par le vide. J'ai lâché la main qui tenait la branche, j'ai glissé, j'ai crié « aaaah », j'ai reglissé, j'ai lancé mon pied en l'air, j'ai essayé de l'attraper avec l'autre main – je ne sais plus laquelle – mes hanches ont basculé d'un côté, mon cou de l'autre, et mes épaules, au milieu, ont essayé de rattraper le coup – ça servait à rien, mais on va dire que c'était pour la touche finale ; et soudain, je n'ai plus senti que du vent frais dans mes cheveux, un peu de liberté, enfin, j'ai fermé les yeux et je suis tombée comme un coing !

Alors, j'ai vu toute ma vie défiler devant mes yeux. Non, je rigole, j'ai pas eu le temps, une demi-seconde plus tard, je me suis cogné les fesses sur le sol. J'ai entendu « BOUM ». Depuis l'intérieur, ça faisait bizarre. Parce que d'habitude, quand on entend « BOUM », on sursaute et on se dit : « Tiens qu'est-ce qu'il se passe ? » Là, de toute façon, j'avais pas le cœur à sursauter, j'avais trop honte, et je savais très bien ce qui s'était passé. En tout cas, j'ai vu tout noir, tout bleu, tout jaune et de nouveau tout noir.

J'ai ouvert les yeux sur mon corps étalé dans les feuilles mortes. J'ai bougé ma nuque très lentement pour faire genre (rigolez pas, c'est peut-être grave).

Bon, j'étais vivante. J'avais rien du tout même. J'ai levé les yeux, j'ai reconnu ma branche. D'ici, ça ne paraissait pas haut du tout et les petits tas de feuilles que Sliman avaient amassés autour de l'arbre avaient bien amorti ma chute.

— Punaise ! j'ai dit pour la forme.

Sliman n'avait pas entendu, il s'était bouché les yeux et les oreilles pendant toute la durée de mon vol plané.

— SLIMAN !

Il gardait les yeux fermés.

— Ouvre les yeux, idiot. Je suis arrivée.

Il m'a regardée en souriant.

— Et voilà, c'est bon ! il a dit.

— Ah bin, oui, bravo, ça a bien marché, ta liane, merci beaucoup.

— Non, mais c'est bon, t'es prête, on peut y aller.

Je crois qu'il avait faim.

Je me suis mise à pleurnicher, j'en avais marre. Sliman s'est approché de moi :

— Aurore est tombée du nid, tu veux que je te ramène dans ta maison ? m'a demandé Slimane, avec un sourire très doux.

— Oui, dans ma vraie maison, s'il te plaît.

J'ai pleuré encore un petit peu mais en fait, j'avais envie de rire. Alors j'ai ri un petit peu pour équilibrer.

— C'est par là, j'ai ajouté.

Car maintenant, je connaissais la route.

Il a pris ma main pour me relever, et on est repartis clopin-clopant. Je ne sais pas exactement ce que ça veut dire, mais je trouve que ça nous allait bien.

— Tu aimes clopin-cloper avec moi ? j'ai demandé.

— J'aime tout, avec toi. Surtout quand tu tombes des arbres comme une figue.

— Oui, c'est avec toutes ces aventures, j'ai beaucoup mûri !

Il a rigolé et on s'est remis en marche, avec nos estomacs bien vides et nos jambes bien lourdes. Je regardais droit devant et Sliman, derrière moi, me scrutait de partout avec la loupe.

— Qu'est-ce que tu fais encore avec ce machin ?

— Je regarde si tu t'es rien cassé en te tombant dessus.

— Rien du tout ! Mais si tu t'approches encore, c'est moi qui vais te tomber dessus !

Il a ralenti le pas, je crois que je l'avais vexé. Alors j'ai tourné la tête avec un grand sourire :

— Allez viens ! Marche à côté de moi !

J'ai vu son visage s'éclairer d'un coup, il a fait deux trois pas de course pour me rejoindre, et on est rentrés à la maison, main dans la main.

24

J'ai sonné à la porte et j'ai entendu courir. C'est maman qui a ouvert, elle s'est précipitée dans mes bras.

— Aurore ! Tu es là ! Tu es là. Ma fille, mon amour.

— Maman ! j'ai dit en la serrant très fort contre mon cœur.

Papa est arrivé juste derrière, un peu essoufflé. Suivi de près par ma petite sœur.

Je les ai tous embrassés longtemps, en sanglotant un peu, trois fois rien. (Si je suis trop sensible pour vous, tant pis.) J'avais envie de faire l'enfant et de retrouver les bras de mes parents, sans penser à rien d'autre.

Sliman sautillait derrière nous. Je crois qu'il était content pour moi. Il participait dans sa tête à toutes ces émotions.

— Bonjour, jeune homme, a dit papa en lui tendant la main.

Sliman lui a pratiquement sauté au cou pour l'embrasser. Mon père, un peu gêné, mais surtout heureux de me retrouver, lui tapotait les omoplates.

— Papa, maman, Constance, je vous présente Sliman.

— Sliman, c'est moi, il a confirmé, presque en criant.

— Sliman, donc, je te présente papa, maman et Constance.

— Ça c'est la belle famille, vraiment ! il a lancé, en baladant son regard de l'un à l'autre.

Maman a demandé, l'air inquiet :

— Comment ça, la belle-famille ? Vous allez vous marier ?

— Mais non, j'ai pouffé.

— Qui va se marier ? a demandé Constance.

Papa lui a caressé la tête en guise de réponse.

— Bon, enchanté, en tout cas. Allez, les enfants, à table ! On va parler un peu en vous écoutant manger ! a dit papa qui mélangeait les mots quand il était ému.

— Quoi ?

— Enfin, je veux dire, vous allez nous raconter un peu ce qui vous est arrivé à table.

— C'était pas à table, c'était dans la forêt, j'ai ajouté.

— Oui, oui, c'est ce que je voulais dire. À table, quoi.

— Moi je trouve que ça fait peur, la forêt, a dit Constance. À cause des loups.

Sliman s'est approché d'elle :

— Tu veux que je t'apprenne une technique pour tuer un loup d'une seule main ?

— Non, a dit Constance. Si je le tue, il va me mordre la main. Et après, je pourrai plus préparer mon cartable pour aller à l'école.

— Allez, allez, j'ai dit. J'ai faim, moi.

J'étais très heureuse de retrouver la maison, la cuisine, la table, les chaises, le repas, et nous tous autour.

Maman a pris la parole :

— Alors, Sliman. Comment avez-vous rencontré ma fille ?

— En passant par la fenêtre, madame, il a dit d'un air logique.

— Par la fenêtre ?

J'ai précisé :

— Ben oui, par la fenêtre du salon, chez grand-papa.

Maman faisait une moue curieuse. Sliman s'est levé, il a tiré sa chaise un peu en arrière, il a fléchi les jambes très bas, puis s'est détendu d'un bond, il a sauté par-dessus le dossier de la chaise et s'est retrouvé assis dessus, comme au départ.

— Comme ça, j'ai fait.

— Ouah ! a dit Constance en tapant fort de ses petites mains. Encore, encore.

— Tu es un véribate acrotable, a dit papa, qui continuait à se mélanger les pinceaux.

Sliman, c'était le genre de gars qui vous surprenait toute une famille d'un coup. Et ça, ça faisait du bien. Et ça me rendait fière. Parce que mes parents avaient l'air de bien l'aimer déjà et que moi, je voulais le garder auprès de nous.

On a commencé à tout leur raconter, l'histoire de Sliman, et puis notre histoire : la ville, la boulangère, la forêt et la nuit qui tombe.

25

— Eh bien, quelle aventure ! a dit maman.

— Oui, vous nous avez fait peur, a renchéri papa. Mais tout va bien maintenant, ma fille...

L'émotion que j'entendais dans sa voix a traversé doucement la table pour venir se réfugier dans mes yeux. J'ai essuyé une larme et je me suis tournée vers Constance, l'air de rien. J'ai souri en la voyant endormie la tête sur la table. Elle s'était fait un petit coussin avec une miche de pain enroulée dans sa serviette.

Je lui ai passé la main dans les cheveux. Elle a sursauté :

— OÙ ÇÀ, LES LOUPS ?

— Maman... Est-ce que Sliman peut rester quelque temps avec nous ?

Mes parents se sont longuement regardés. Et j'ai senti une grande tendresse les réunir. Une tendresse que j'avais oubliée. Qu'eux-mêmes avaient oubliée sûrement.

Sliman qui attendait la réponse a regardé le plafond, puis le tapis, puis le plafond de nouveau,

— C'est joli, le tapis, chez vous, a-t-il remarqué, en montrant le plafond du doigt.

— Merci, Sliman, a dit papa. Tu peux rester tant que tu en as besoin.

— Tant qu'il en a envie aussi, a ajouté maman. D'ailleurs, samedi, c'est l'anniversaire d'Aurore. Bien sûr, ce serait chouette que Sliman soit avec nous.

— Et il va dormir où, Silman ? a demandé Constance.

— Bah dans ta chambre et toi dans la forêt, comme ça on inverse un peu les rôles, j'ai répondu, parce que ça m'avait manqué de ne plus pouvoir la taquiner.

— Dans la forêt, y'a pas mes doudous !

— Mais y'aura des petits loups pour te tenir compagnie.

— Bon, allez, nous a dit maman en souriant, je vais préparer la chambre d'amis. Sliman et Aurore, vous faites la vaisselle, d'accord ?

— Ah, ben, ça fait plaisir de revenir à la maison, merci maman, j'ai dit en souriant.

On a fait la vaisselle au super ralenti, comme si, tous les deux, on ne voulait pas que cette journée se termine.

Sliman essuyait les assiettes avec le bas de sa chemise, et j'avais même pas la force de lui faire une remarque.

Comme sa chemise était de plus en plus mouillée, j'ai quand même fini par lui tendre un torchon.

— Tiens, prends ça, plutôt.

Il l'a étendu devant ses yeux :

— Mais c'est trop petit pour moi...

— C'est pas une chemise, c'est un torchon, banane.

On a rigolé, surtout parce qu'on était fatigués.

On est sortis de la cuisine au bout d'une heure. Pour finir, on n'avait cassé qu'une assiette et deux verres à vin. Mais on s'en fichait parce qu'on était devenus vachement immatériels, comme gens. Avec la forêt, les aventures au bout de nous-même, et tout et tout.

J'ai conduit Sliman jusqu'à sa chambre.

— Bonne nuit, à demain, j'ai dit.

Et là, il m'a serrée dans ses bras :

— Aurore... Merci !

Il a embrassé la porte, puis a refermé ma joue derrière lui. (Si, si, l'inverse, zut, laissez-moi dormir.)

Je me suis mise au lit, j'ai fermé les yeux et toutes les images de ces derniers jours ont défilé sous mes paupières.

Et voilà ! Voilà l'histoire que je voulais vous raconter. Voilà comment, en quelques jours à peine, ma vie a tangué dans tous les sens, jusqu'à basculer un peu. Mais en vous disant ces mots, je me rends compte à quel point cette nouvelle personne près de moi, Sliman, de qui je me sens si proche, m'apporte de nouvelles couleurs, une nouvelle perspective. Un nouveau point de repère, une amitié qui m'aide à grandir, et me permet de regarder ma famille et le monde qui m'entoure, avec des yeux qui brillent d'un amour tout neuf.

Voilà l'histoire que je vous remercie d'avoir lue – plus ou moins attentivement, d'accord, mais merci quand même de l'avoir vécue avec moi.

Bon, allez, je m'endors.

Épilogue

6h30 : ça recroasse dans mes oreilles. C'est ce maudit réveil que j'ai oublié d'éteindre. C'est encore la pénombre qui règne un peu dehors.

Vous savez ce moment de l'aube où, la tête dans le brouillard, vous sursautez en apercevant un truc qui bouge à l'autre bout du lit. En fait, souvent, c'est juste mes pieds. Mais sur le coup de la peur, je me regroupe en boule, et là je sursaute de plus belle en voyant mes pieds me sauter au cou.

Bref, je suis en pleine forme. Je rapproche mes mains de mes yeux, lentement, pour voir si elles sont moins agressives que mes pieds. C'est bon, je me frotte les paupières avec. Je m'habille en vitesse, j'ai envie d'aller voir si tout va bien pour Sliman. En longeant le couloir à pas de loup, je passe devant la chambre de Constance ; j'ouvre la porte doucement. Elle dort paisiblement, étoilée en travers du lit. Je m'approche, tire un peu sur la couette pour recouvrir ses épaules. Et j'aperçois un petit bout de papier plié qui dépasse de son oreiller. Je l'ouvre sans réfléchir, et je lis ces quelques mots que ma sœur avait écrits maladroitement : « Aurore, revien, tu me manqes. »

Mon petit lapin... Il faut que je lui parle, aujourd'hui. Que je lui demande pardon. Je dépose un bisou dans ses cheveux, je sors de sa chambre et me dirige vers celle de Sliman, toujours à pas feutrés.

Je continue dans le couloir, passe devant la chambre de mes parents, je regarde mes pieds pour faire moins de bruit et ne pas me cogner contre un meuble ; je tourne à gauche et... Bim ! je me cogne le museau sur celui de Sliman, qui faisait le chemin dans l'autre sens.

— Aïe, il dit.

— Mais c'est moi, « aïe » ! Qu'est-ce que tu fais là ?

— J'arrive pas à dormir, je venais voir ce que tu faisais.

— Mais moi aussi, je venais voir ce que tu faisais, c'est pas une raison pour me rentrer dans le pif. Le matin, je suis assez aigre-douce, je lui dis, parce qu'en plus je suis trop fatiguée pour trouver les mots justes.

Et surtout, ça me fait bizarre de le voir. Enfin ça me fait pas bizarre de le voir vraiment. Disons que ça me fait bizarre d'être heureuse de le voir.

— T'as bien dormi ?

— Oui, mais, il y avait trop de silence. Ça m'a réveillé.

— Trop de silence ?

— Oui, ça fait mal aux oreilles.

— T'aurais dû ouvrir la fenêtre pour entendre les oiseaux.

— J'ai pas osé, parce que la nuit, je marche quand je dors. Je voulais pas tomber de la fenêtre.

— Pourquoi tu marches quand tu dors ?

— Depuis que mes parents sont morts, je marche quand je dors. Je tourne en rond toute la nuit.

— T'en fais pas, ici tu seras bien. On va te protéger, j'ai pas envie que tu aies peur.

Là, il se redresse d'un coup :

— Sliman, c'est moi ! J'ai peur de rien.

— Ah ah ! C'est vrai, ça. Tu es fort comme un tigre. D'ailleurs, j'ai besoin de toi. Suis-moi.

Je l'emmène jusqu'à la salle de bain.

— J'aimerais bien qu'on répare cette porte, tu veux bien m'aider ?

— Qu'est-ce qui s'est cassé ? Euh, qu'est-ce qui s'est passé ?

— Attends, je vais d'abord chercher la boîte à outils. Je te bricolerai tranquillement en racontant. Non, l'inverse.

On est pas bien réveillés.

— Attends-moi là.

Je descends au garage, où mon père range sa boîte à outils, celle dont il est si fier et qu'il n'utilise jamais.

« Ça c'est une boîte à outils de professionnel, il m'avait dit en ouvrant le coffre de la voiture. Tu vas voir ce que c'est, un champion du bricolage. Quand j'étais jeune, on m'appelait... Je ne sais plus comment on m'appelait mais en tout cas on m'appelait tout le temps pour venir réparer des trucs. Et tu te souviens, la fois où j'ai réparé la machine à laver. »

Je lui avais répondu que je m'en souvenais très bien, même qu'on avait dû appeler le plombier, à cause de l’inondation qu’il avait déclenchée. Quinze centimètres d’eau dans tout le salon.

« Oui, mais la machine, elle était comme neuve.

— Elle était propre, en tout cas », j’avais rigolé.

Ce qui est sûr, c’est que la boîte à outils, elle est comme neuve, elle aussi, parce que personne n’y a jamais touché.

Je prends la boîte et rejoins la salle de bain avec Sliman à l’intérieur… Bref, j’enchaîne.

Il a l’air content :

— On va prendre des clous, des vis et des marteaux et on va taper un peu partout.

— Sauf sur mes doigts, s’il te plaît, je précise.

Et on se met à clouer, taper, scotcher, ficeler, coller des petits bouts de bois de tous les côtés.

Deux heures après, ça y est. La porte est réparée. En tout cas, elle se ferme à peu près. Mais pas complètement. En même temps, c’est bien comme ça. D’ailleurs, faudrait faire pareil avec toutes les portes de la maison. Comme ça, plus de secrets dans cette famille.

— Vous allez mettre un peu de peinture, pour fignoler tout ça ? demande maman qui vient de se réveiller au milieu des coups de marteau.

— Non, moi, je la trouve belle, avec tous ses rafistolages.

Et moi, aujourd'hui, pour la première fois de ma vie, je me trouve belle aussi, comme une porte bricolée, avec mes bouts de vie, toutes mes cassures et mes forces à la lumière du jour.

Maman sourit : « En tout cas, bravo les enfants, c'est du joli travail. Allez, on descend, papa a préparé le petit déjeuner. »

Sliman, comme par hasard, est le premier dans les escaliers : « Mangeeer ! »

On s'est assis tous les quatre... Ah non, c'est vrai, maintenant, on est cinq !

— T'as bien dormi, ma puce ? me demande papa.

Là, je le regarde droit dans les yeux :

— Il va falloir commencer à me parler comme à une adulte ! je lui dis en piquant du café dans sa tasse.

Il fait une tête marrante, et moi je crache son café dans mon assiette. Il fait une tête encore plus marrante.

On passe un chouette p'tit déj ensemble, à papoter ; Sliman raconte des histoires de bêtes sauvages et Constance l'écoute avec de grands yeux. (Si si, c'est possible d'écouter avec les yeux, surtout quand on mange avec les doigts.)

Maman prend la parole :

— J'ai invité tes amis samedi pour ton anniversaire, et ton grand-père sera là aussi. Tu penses que j'ai oublié quelqu'un ?

— Non. Quelques amis, et vous, ma famille, ce sera parfait.

On passe une semaine incroyable tous ensemble et même quand on n'a rien de spécial à se raconter, on ressent tous un grand besoin de se parler, de s'écouter, peu importe le sujet. Comme si chaque mot, chaque son, chaque mouvement de lèvres, chaque geste de la main était un petit pas de plus vers l'autre. Pour se retrouver, se pardonner, se réunir enfin.

Sliman est là, avec sa présence tranquille et vivante à la fois. Il est comme un témoin de nos retrouvailles. Il pose sa douceur et ses sourires dans toute la maison, et ça nous fait du bien.

*

Samedi soir

J'ai les yeux fixés sur les lampions. Un peu rêveuse, un peu fière. Il y a tous les gens que j'aime autour de moi, ce soir. Je les entends papoter, trinquer, danser. Sliman fait des grands sauts sur le canapé avec un petit tapis saumon dans la bouche. Non, l'inverse, en fait. Je suis dans une enveloppe de tendresse agréable. Ça me berce, je n'ai pas envie d'en sortir.

J'ai des millions de pensées qui se promènent gentiment dans ma tête. Mais je maîtrise. C'est ça, la maturité ! (Pas la peine de vous moquer, je suis grande aujourd'hui.) J'ai surtout l'envie de voir la vie différemment. Avec un regard plus doux, peut-être, mais surtout, avec ce même courage qui s'est installé en moi depuis quelques jours. Ce courage que je suis allée puiser dans les bras de mon grand-père, dans les yeux de Sliman, dans le sourire déterminé de ma petite sœur, si brave malgré ce qu'elle a traversé elle aussi. La peur de perdre sa grande sœur, et toutes ces histoires de grands, qu'elle ne pouvait pas comprendre avec son grand cœur innocent.

Constance, d'ailleurs... Où es-tu, ma sœurette ? Mes yeux font le tour de la pièce. Je l'aperçois dans un coin, seule et la mine triste. Je la rejoins, me penche vers elle.

— Pourquoi tu es triste, chaton ?

— Tu es partie longtemps, j'ai eu peur. Et puis, maintenant, tu es revenue avec un nouveau frère qui va me remplacer, et après, je serai toute seule dans la poubelle.

— Pardonne-moi, Constance, j'ai été égoïste. Tu m'as aussi beaucoup manqué cette semaine et j'ai compris à quel point ma petite sœur était importante dans ma vie...

Des mini-larmes se mettent à glisser sur ses mini-joues.

Je lui prends la main. Ma sœur, mon amour. Mon ambivalence. Si différente, mais si proche de moi.

Cette main que je tiens, qui ressemble à la mienne en miniature. Ces larmes qui coulent sur sa joue que j'embrasse. Elles ont le goût de ma peine. Celle que j'ai ressentie quand j'étais loin de ma famille. Sans que je m'en rende compte, Constance a respiré toutes mes émotions d'un coup, et c'est maintenant mon devoir de la consoler.

On se prend dans les bras, pour pleurer tranquillement, à l'abri. Je colle mon front au sien.

— Tu vois, Constance, ce petit espace qui se trouve juste là, entre nous, tout près du cœur ? Personne ne pourra jamais y toucher. C'est à nous.

Ma maman s'est approchée.

— Tout va bien, les chéries ?

— Oui, t'inquiète pas, maman.

— Très bien, elle répond doucement. Aurore, tu viens nous chanter ta chanson ? Je crois que Xu est prête.

C'est vrai ! J'ai oublié de vous dire qu'on a dépoussiéré le piano et répété cet après-midi, avec Xu.

Je serre ma sœur fort contre moi en lui chuchotant le plus criant des « je t'aime ».

— Allez, maintenant, mouche ton nez, moustique.

Je lui tends un joli mouchoir en tissu. Un cadeau de ma grand-mère à ma naissance, avec mon prénom brodé dessus. « Aurore ». Oui ! Comme dit Sliman « Aurore, c'est moi », et qu'importe d'où je vienne, l'important c'est ce que je vais faire de ma vie.

Jérémie Kisling a composé une chanson inédite pour accompagner ce roman.

Pour écouter la chanson d'Aurore, rendez-vous sur ce lien :

Remerciements

Merci à Aude pour sa confiance qui rime quand même pas mal avec patience. Et merci à toute l'équipe de Slalom.

Merci à Anna et Gricha, ma famille et mes amis.

Si ça vous chatouillait un peu ces derniers temps, c'est que j'ai gratouillé des bouts de vous pour les coller un peu partout dans cette histoire...

Composition : Facompo,
Rouen

MIXTE
Papier issu de sources responsables
FSC® C003309
FSC
www.fsc.org

Achevé d'imprimer en août 2019
par Normandie Roto Impression s.a.s.
61250 Lonrai
N° d'impression : 1903624

Imprimé en France